THE

GREAT GATSBY

史考特・費滋傑羅

F. SCOTT FITZGERALD

大亨小傳

新經典文化
ThinKingDom

出版緣起

這一次，找到《大亨小傳》的真感動

《大亨小傳》初版誕生於一九二五年，距今已經八十七年，這部經典在中文世界早有許多譯本，其中不乏流傳多年的老牌譯本，那麼我們為什麼還想費力編出新版呢？深愛《大亨小傳》的村上春樹在他自己翻譯的日文版後記中提醒了我們：「即便存在著不朽的名著，不朽的名譯作品基本上卻是不存在的。不論哪本翻譯作品，隨著時代的推移都會日益陳舊，雖然可能只是程度上的差異。」

《大亨小傳》乍看是個簡單的故事，一個中西部小子蓋茲比到東部闖蕩一夕致富，他在自己的豪宅裡夜夜宴客，儼然慷慨荒唐的富豪大亨，夢幻地看著紐約長島碼頭盡處的一盞綠燈，尋覓著他夢寐以求的女人黛西。他的鄰居、也是故事的敘事者尼克，眼看著蓋茲比的賓客們接受他的招待卻冷漠無情，眼看著蓋茲比奮力追求那虛幻的繁華。蓋茲比最後的結局，讓尼克對東部浮華的名流生活夢碎，宛如看著繁華樓起，再看著它樓塌。

一個看似年代久遠的白手致富者跟現代人有什麼關係？一個想讓逝去戀情再燃的老派故事怎麼打動現代人？關鍵在於蓋茲比這個角色，或者我們應該說，關鍵在費滋傑羅。

費滋傑羅在他同時代人眼中，可能只是個年輕俊美、與美麗妻子塞爾妲出入派對、最後酗酒而終的暢銷作家（這本書的經典地位在他死後十年才開始重新確認），然而他大起大落的人生正是《大亨小傳》主角蓋茲比的寫照，他對財富的想法與對人生詩意浪漫的情感，透過蓋茲比，表現出美國文化最初勇敢追夢的形象。它們之所以吸引人，不在於爵士年代夜夜笙歌，不在於對愛情的飄渺浪漫，而是蓋茲比─或者說是費滋傑羅，對追求塵世華美抱著純然美好的堅定信念。

小說的開篇與結尾，透過尼克的敘事，處處是美得讓人窒息的篇章，正如費滋傑羅自己所說：「《大亨小傳》立基在『幻象的破滅』上──正因這樣的幻象，世界才如此鮮豔。你無須理會真假，但求沾染那份魔術般的光彩就是了。」

在新版中，我們使用了一九二五年《大亨小傳》初版的封面插畫，藍天上一雙空洞的眼睛及紅唇，折射出霓虹中的女郎。這是西班牙裔畫家法蘭西斯・庫加特（Francis Cugat，1893—1981）的畫作。法蘭西斯・庫加特在古巴長大，移民美國，一九二〇年代活躍於紐約文化圈。一九二四年，他在費滋傑羅都還沒寫完小說時，就已經完成了《大亨小傳》這張封面插畫。費滋傑羅非常喜歡，決定要把這幅畫寫進書裡，成為「艾科堡眼科醫生的廣告招牌」，在故事的重要場景灰燼之谷中出現，代表著穿越時空仍始終守看著此地的重要象徵。

此外，我們特別經過村上春樹先生授權，收錄他二〇〇六年為親自新譯的日文版《大亨小傳》所寫的後記，他在後記中分享他對小說的理解以及對費滋傑羅的評價。這些難能可貴的說明，點出了本書易被忽略的傑出，幫助我們在編輯這本書時找到新的詮釋角度，在此特別向他鄭重致謝。

最後，這是一本飽含著魔術光彩的小說，它精細華美彷彿鑽石，一代又一代的新改版，無非是為了擦拭時間在這顆鑽石上蒙蓋的灰塵。它的美好，一經擦拭，便注定綻放出耀目的光芒。希望能與讀者們一起找到真正的感動，見證這本經典的不朽。

新經典文化編輯部

生平年表 1896.9.24–1940.12.21

史考特・費滋傑羅

F. SCOTT FITZGERALD

第一階段（出生~23歲）

記住，這世上不是每一個人，都有你擁有的優勢。
Just remember that all the people in this world haven't had the advantages that you've had.

1896.9.24~1908

1896
●世界上第一輛汽車誕生。
1899
●作家海明威誕生。
1903
●萊特兄弟乘自製飛機完成人類首次飛行。
1905
●愛因斯坦發表相對論。
1906
●人類首次將聲音透過無線電發送出去，開啟廣播的時代。

1909~1916

1914
●第一次世界大戰暴發。
1915
●佛洛伊德提出精神分析學。
●人類首次成功撥打越洋無線電話。

1917~1919

1917
●俄國暴發十月革命，列寧建立蘇維埃政權，世界上第一個社會主義國家正式誕生。
1918
●第一次世界大戰結束。
1919
●美國頒布禁酒令。
●美國受到十月革命的影響，興起反共產主義風潮。

Birth~age12

費滋傑羅出身於美國明尼蘇達州聖保羅市，標準的中產階級家庭。父親是個潦倒的商人，經營傢俱生意失敗後改做肥皂推銷員，全家跟隨父親搬到紐約水牛城定居，並投靠母親娘家維生；母親麥昆蘭家族來自愛爾蘭，家境相當富裕，但學養淺薄。小時候的費滋傑羅就在這樣矛盾的環境中長大。

費滋傑羅在幼年時期便展現出異人的天賦和對文學極高的敏銳度。由於雙親都是虔誠的天主教徒，父母從小就將他送進教會學校就讀。母親更自認提供他非常完整且富足的中產階級教育，為此感到相當自豪，但所謂的「富足」其實包含了過分的溺愛，例如小學時，費滋傑羅可以只上半天課，甚至由自己選擇上哪半天。

age 13~20

父親遭肥皂公司解雇，全家搬回明尼蘇達州。之後，費滋傑羅進入聖保羅學院就讀，他的第一篇文學創作，一個偵探故事，就是在這時期完成的，並登上校內的學生報。後來他因怠慢課業，慘遭學校退學。退學後，費滋傑羅繼續在紐澤西州一所私立寄宿學校完成學業，一九一三年順利考進普林斯頓大學。

費滋傑羅在普林斯頓就學期間，結識了許多志同道合的文友，如文學評論家艾德蒙・威爾森（Edmund Wilson）和詩人約翰・比夏朴（John Peale Bishop），日後都成為文壇新星。他也積極參與各類社團，包含為三角社撰寫音樂喜劇，並從中完成一部小說投稿至Scribner's出版社（之後替他出版第一本小說《塵世樂園》〔*This Side of Paradise*〕），小說雖被退稿，但獲得極高的評價。

age 21~23

一九一七年，費滋傑羅離開學校，以少尉的身分加入第一次世界大戰。大戰在他從軍後很快就結束了，期間他遇見未來的妻子——塞爾妲。塞爾妲的家族名聲顯赫，身邊不乏等待求愛的貴族紳士，費滋傑羅因此對她更加著迷。

大戰結束後，費滋傑羅進入廣告公司工作，為了向塞爾妲證明自己有能力維持兩人富裕的生活，他一邊寫短篇小說賺取額外收入，但仍不得塞爾妲的信任，一度慘遭解除婚約。

第二階段（24-33歲）

我們的人生，沒有第二幕。

There are no second acts in American lives.

1920~1922

1920
●爵士樂在美國各地接連興起，1920~1930被冠上「爵士年代」的稱號。
1922
●白人種族主義組織三K黨在美國公開運作達到最高峰。
●英國廣播公司成立。.

1923~1929

1923
●《時代》雜誌創刊。
1925
●世界上第一個電視雛形誕生。
1928
●世界上第一部有聲動畫片在紐約首映。
1929
●10月24日黑色星期四，華爾街股市暴跌，進入全球恐慌的「經濟大蕭條」。

age 24~26

費滋傑羅第一本小說《塵世樂園》問世，大受歡迎，不僅讓他名利雙收，更為他成功挽回塞爾妲的心，兩人正式結為夫妻。這段婚姻加劇了他高潮起伏的一生。

《塵世樂園》出版後，許多雜誌社紛紛開始以巨額稿費（最高至四千美金，相當於現在二萬元台幣）向他邀稿，為了滿足塞爾妲夜夜笙歌、舉辦宴會的奢華生活，他開始替這些雜誌社撰寫大量流行的短篇小說，並收錄於《小姐們與哲學家們》（*Flappers and Philosophers*）、《爵士時代的故事》（*Tales of the Jazz Age*）。當時他常自我解嘲，這些為了迎合大眾市場所著的通俗作品，除了用來維繫兩人浮華的婚姻生活，也是在為往後的精心著作換取更多準備時間。一九二一年，兩人唯一的女兒出生。

一九二二年，第二本小說《美麗與毀滅》（*The Beautiful and Damned*）出版。故事描述一對名流夫婦，一味追求物質，生活靡爛，終致毀滅，可說是費滋傑羅夫婦的真實寫照。Scribner's出版社照例於費滋傑羅每部長篇小說之後，緊接著出版一本短篇小說集來維繫讀者，從此奠定費滋傑羅為「爵士年代」典型和代言人的身分。

age 27~33

儘管《塵世樂園》非常暢銷，費滋傑羅其他作品銷售卻始終平平。一九二二年六月，費滋傑羅開始構思《大亨小傳》，他對這部作品抱著極大的信心，傾盡心血，深信《大亨小傳》能為他再創事業高峰。他告訴長年和他一起工作的編輯柏金斯（Maxwell Perkins），撰寫《大亨小傳》時，他確確實實感覺自己體內有股前所未有的力量，在推動他完成這部小說。

一九二三年，為了節省家中開銷並全心投入《大亨小傳》的創作，費滋傑羅夫婦搬到法國南部的蔚藍海岸定居。他們在法國結識許多當地的美國移民，其中以海明威最為著稱。但隨著費滋傑羅專注在創作中，塞爾妲也有了新對象——年輕的法國飛行員，塞爾妲提出離婚不成，兩人的婚姻從此埋下不安的火種。

一九二五年《大亨小傳》出版，獲得當時眾名家和媒體一面倒的好評，海明威更誇讚道：「費滋傑羅能寫出這麼好的一部作品，他未來一定能寫得更好。」可是銷售依然慘澹，讓費滋傑羅非常失望。

F. Scott Fitzgerald

第三階段（34-44歲）

在靈魂的漫漫黑夜中，每一刻都是淩晨三點鐘。

In the real dark night of the soul,
it is always three o' clock in the morning, day after day.

1930~1936

1930
● 全球人口總數成長到20億。
● 電力火車首次在軌道上成功行駛。
1932
● 印度國大黨被英國判為非法，甘地被捕入獄。
1933
● 全球經濟大蕭條最嚴重的一年。
● 富蘭克林．羅斯福當選美國總統，推行新政。
● 希特勒在德國上台，成立納粹第一個集中營。
1935
● 美國首度開啟國內航線服務。

1937~1940.12.21

1937
● 人造纖維尼龍問世。
1939
● 第二次世界大戰暴發。
1940
● 抗生素盤尼西林發明。
1941
● 日軍偷襲珍珠港，美國捲入第二次世界大戰。
1945
● 第二次世界大戰結束。

age 34~40

一九三〇年四月塞爾妲精神崩潰，患上精神分裂症。一九三二年兩人一起回國，塞爾妲在馬里蘭州住院治療，費滋傑羅則在郊區租屋繼續寫作。為了支付妻子的巨額醫療費和女兒的教育費，負債累累的費滋傑羅甚至屢次向編輯柏金斯借錢。

另一方面，塞爾妲在住院期間，將自己和費滋傑羅的婚姻生活寫成一部半自傳式小說*Save Me the Waltz*，費滋傑羅非常惱怒，認為塞爾妲出賣了他。接著於一九三四年出版第四本小說《夜未央》（*Tender Is the Night*），故事主角狄克醫生愛上一位患有精神病的富家千金，為她犧牲奉獻，最後將她的病治好，卻慘遭對方拋棄。許多評論家將《夜未央》視為費滋傑羅腐爛生活的縮影，批評他生活頹廢、自視高傲，再加上長年的酗酒問題，間接導致他自身的毀滅。

age 41~44

費滋傑羅與電影專欄作家格拉姆（Sheilah Graham）一見鍾情，陷入熱戀，格拉姆甚至為他取消婚約。費滋傑羅旋即搬進格拉姆位於好萊塢的公寓，一邊從事電影編劇。一九三九年，他開始寫《最後一個影壇大亨》（*The Last Tycoon*），故事講述三〇年代盛極一時的電影製片人的愛情故事，影射好萊塢不為人知的幕後秘事，初稿僅完成四分之三，是費滋傑羅生前最後一部作品。

一九四〇年十二月二十日聖誕節前夕，費滋傑羅與格拉姆約會欣賞電影*This Thing Called Love*結束，低血壓造成一陣暈眩，身體略顯不適。隔日心臟病發作，過世於格拉姆家中，年僅四十四歲。

直到費滋傑羅過世，兩人三年短暫的戀情，深深影響格拉姆的一生，一九五九年電影*Beloved Infidel*即是改編費滋傑羅跟格拉姆的故事而成。

一九四一年《最後一個影壇大亨》出版。直至第二次世界大戰之後，美國文壇幾位文藝評論家發起費滋傑羅文學再評價運動，從此建立費滋傑羅在文壇上堅如磐石的盛名。

一九四八年塞爾妲在高原醫院大火中去逝。

「《大亨小傳》立基在『幻象的破滅』上——

正因這樣的幻象，世界才如此鮮豔。

你無須理會真假，但求沾染那份魔術般的光彩就是了。」——費滋傑羅

CONTENTS 目次

獻給塞爾妲

那麼，戴起金帽吧！倘若那就能打動她；
如果你能躍高，也請為她高高躍起，
直到她喊道：愛人，戴著金帽、高高躍起的愛人，
讓我擁有你！

——Thomas Parke D'Invilliers

1

在我年紀還輕，閱歷尚淺的那些年裡，父親曾經給我一句忠告。直到今天，我仍時常想起他的話。

「每當你想批評別人的時候，」他對我說：「要記住，這世上不是每一個人，都有你擁有的優勢。」

他沒再多說什麼，但奇妙的是，我們總是不必說透就能理解彼此，所以我明白他想說的遠不止這些。就這樣，我逐漸習慣對他人不輕易論斷，這樣的習慣讓很多古怪的人向我敞開心門，也有一些牢騷滿腹的討厭人士把我當成發洩的對象。畢竟，當這種特質一旦出現在一個普通人身上，那些不平常的人很快就會察覺，絕不放過。這一點，讓我在大學時代蒙受許多不公平的指責，因為那些放蕩、神祕的傢伙會把不為人知的祕密和煩惱都告訴我，有些人便說我是個狡猾的政客。但我從未刻意去打聽這些隱私，真實的情況是：只要有人想來跟我掏心挖肺時，我常能準確地察覺，接著就開始裝睏、假裝想著別的事情，或者裝出不友善、沒心情聽的樣子。因為年輕人的心聲、或者至少他們吐露心聲的方式，往往是雷同的，還帶有明顯的遮遮掩掩。不輕易評斷他人，是一個無止盡的願望。雖然父親曾經自豪地向我暗示，我也一直引以為傲、重複地強調：每個人最根本的格調是天生注定的。但我仍然擔心自己會忘記那句忠告，怕因此錯失什麼。

不過，在對自己寬大的容忍性格誇耀一番之後，我得承認這也是有限度的。人的行為各色各樣，有的靠堅硬如磐石的基礎在支撐，也有像是浸在潮濕的沼澤中生成的，可是一旦超越了某個界限，我就不在乎這些行為是怎麼養成的了。去年秋天，我從東部回來，那時我心灰意冷，只想讓世界上所有人都身穿軍裝，在道德上永遠保持立正的姿態。我不願再保有那種盡情窺探別人隱私、聽人訴說的特權了。除了蓋茲比例外，這個賦予本書書名的人——蓋茲比，他代表了我由衷鄙視的一切。如果一個人的格調是一系列不間斷的成功姿態，那麼他身上一定帶有某種奇妙的特性。他對未來有著極高的敏銳度，猶如一台精密的儀器，能夠探測出幾十英哩外的地震。這種敏銳和被一般人所美化的那種「創造性氣質」的多愁善感很不一樣——它是一種樂觀、總是充滿希望的天賦，一種帶有浪漫色彩的機靈氣質。這種氣質，我從來沒有在別人身上見過，以後也不太可能見到了。蓋茲比人生最後的結局不是讓我對一切失望的原因，真正的問題出在那些吞噬他心靈的東西，那些緊隨著他的美夢而來的汙穢塵埃，正是這些塵埃，讓我對人世的憂傷和短暫的得意完全失去了興趣。

我家三代以來都住在中西部的城市，算是家境富裕，聲名顯赫。卡羅威家族也稱得上是個世家。據說我們是巴克魯公爵的後裔，不過這支族系真正的起始者是我祖父的哥哥。他花錢請人代替他去打獨立戰爭，五十一歲時來到這裡，開始做五金器皿的批發生意，如今，我父親仍在做這行買賣。

我從未見過這位伯祖父，但是親戚們都說我長得很像他，尤其像父親辦公室裡掛著的那幅板著面孔的肖像畫。一九一五年，我從新港念完耶魯大學畢業，距離父親從同一個母校畢業剛好二十五個年頭，不久之後，我便加入了延遲暴發、因為日耳曼民族移居各國而引發的世界大戰。我沉浸在反攻勝利的興奮當中，從戰場回家之後，反而靜不下心做事。中西部對我來說已經不再是世界溫暖的中心，它成了宇宙破敗的邊緣，因此，我決定到東部去學做股票債券生意。我認識的人全部都在做股票債券生意，我想，多收一個像我這樣的單身漢應該不是問題。我的叔叔嬸嬸們對我這個決定討論了很久，就像要為我選一所私立寄宿學校一樣慎重。最後，他們表情凝重，一臉猶豫地對我說：「那麼……就……去吧！」父親也同意資助我一年。幾經耽擱，我終於來到東部，心想我將永遠留在這個地方。那是一九二二年的春天。

馬上面臨到的問題，就是得在城裡找個地方住。那時氣候還暖和，我又剛離開那個綠地寬廣、草木親人的故鄉。所以，當一個年輕同事向我提議兩人一起在附近的小鎮合租一間房子時，我覺得這個主意很不錯。他找到了一間飽經風霜的板材平房，月租八十美金。不過，就在我們正要搬進去時，公司卻把他調到華盛頓，我只好自己一個人住了。我養過一隻狗，雖然牠沒多久就跑掉，但我也算是養了牠幾天。我還有一輛舊道奇汽車和一個芬蘭女傭。芬蘭女傭幫我鋪床、做早餐，她在電爐旁忙著煮東西的時候，常一邊自言自語嘟噥著她祖國的人生大道理。

剛開始的一、兩天，日子過得挺孤單的。直到某一天早上，一個比我還晚來到這個城市的人在路上叫住我。

「西卵鎮怎麼走啊？」他無助地問道。

我告訴他方向，為他指了路。等我繼續向前走的時候，心裡已經不再感到孤單，因為我成了這個地方的嚮導：一個能找路的人，一個最初的定居者。這個問路的人不經意地授予了我榮譽市民的身分。

之後，我就在這陽光普照，綠葉茂生，猶如電影鏡頭裡飛快變換的時刻中安頓了下來，隨著夏天萬物生長，那熟悉的信念又回到我心中，新生活開始了。

一來要讀的書非常多，再則呼吸著如此充足的新鮮空氣，讓我保持健康的體魄。我買了十幾本關於銀行業、信貸和投資證券的書，它們就像造幣廠新鑄的錢幣一樣，放在書架上閃閃發光，等著為我揭開只有邁達斯

[1]、摩根[2]和梅塞納斯[3]才知道的賺錢手法。除了這些書之外，我對其他書籍也很有興趣。大學時代我相當喜愛文學——有一年還替《耶魯新聞》寫了一系列令人印象深刻的社論——如今，我準備拾回這些興趣，重新成為一個「通才」，就是那種學問淺薄，卻懂得最多的專家。畢竟，只從一扇窗戶的視野觀察，不及其餘，人生就能看似成功許多——這可不僅僅是一句機智的雋語。

我租的房子位在北美最不可思議的一個小鎮，這事純屬偶然。小鎮座落在紐約州正東方那個長長的、毫無規則可循的小島上。除了千奇百怪的自然景觀之外，還有兩個形狀怪異的半島。兩個半島一東一西，距離城市二十英哩，外型一模一樣宛如兩顆巨大的雞蛋，隔著一個小水灣，半島角向外延伸至那片環繞長島海峽、西半球最廣大的海洋之中。兩個半島並不是正橢圓形，而是像哥倫布故事裡那個立起來的雞蛋一樣，連接陸地的一端呈壓平狀。不過，它們一模一樣的形狀還是讓天空飛過的海鷗驚異不已，而更令地上生靈大開眼界的是——這兩個半島除了形狀和大小之外，完全沒有任何其他相似之處。

我住在西邊的那顆蛋——西卵鎮上。這個地方，嗯，是兩個半島中比較不時髦的一個。但這只是較為表面的說法，不足以說明這兩個地方內在離奇的落差。我的房子在蛋形的頂端，距離長島海峽只有五十碼，左右兩旁是租金一萬二到一萬五美金的豪宅，我的房子就夾在其間。無論從哪個角度看，右邊那棟豪宅都是一座宏偉壯觀的建築，酷似諾曼第某個市政府，它的一側是座嶄新的塔樓，上面布滿常春藤，旁邊還有大理石蓋的游泳池，以及四十多英畝的草坪和花園。這就是蓋茲比的宅邸。不過我當時還不認識蓋茲比，所以應該這麼說：這是一位姓蓋茲比的紳士的宅邸。我住的那棟房子很難看，幸好房子小，還不算礙眼。也正因為如此，我才得以安心地看窗外的海景，欣賞鄰居的草坪，心靈也因為與富豪為鄰而得到安慰。這一切，每個月只花我八十美金。

小水灣的對面，時髦東卵鎮上那棟宮殿般的白色建築，倒映在水面上

1 希臘神話中的邁達斯王，以巨富著稱；他向神求得「點石成金」的本領，凡是他接觸到的東西都會立刻變成金子。
2 美國最大的財團。
3 古羅馬帝國皇帝奧古斯都的謀臣，著名的外交家。

熠熠生輝。這段夏天的故事，從我開車去湯姆．布坎南家吃飯的那天晚上才真正開始。我大學時代就認識湯姆，現在他是我表妹黛西的先生。大戰結束之後，我跟他們在芝加哥一起相處過兩天。

湯姆在各個體育項目上的表現都很傑出，他曾經是新港有史以來最厲害的橄欖球員之一，稱得上是全國知名的人物。他這種人，年紀輕輕就在某個專長上登峰造極，往後的日子總不免有些失落。他家裡不是一般的富裕，大學時代他亂花錢的習慣已經為人詬病，現在他離開芝加哥來到東部，搬家時的氣勢更是嚇人。舉個例子，他把打馬球要配備的馬匹全部從森林湖運到東部來。我同世代裡居然有人有錢到這種程度，真是不可思議。

至於他們為什麼要搬來東部，我也不清楚。他們在法國待了一年，接下來就居無定所地四處飄蕩，沒有特定的方向，反正哪裡能打馬球、哪裡能跟有錢人在一塊，他們就往那裡去。黛西在電話上告訴我，他們這次是定下來了。我不相信，也不懂黛西為什麼會這麼想，但我就是感覺湯姆會一直飄蕩下去，若有所失地追尋著某場橄欖球賽裡那種無法取代的狂喜自滿與激情。

總之，在一個暖風拂面的傍晚，我開車到東卵鎮去見這兩位幾乎形同不認識的老朋友。他們的房子遠比我想像中的還要豪華精緻，那是一棟明亮大氣、紅磚白線交錯的豪宅，整棟建築延續十八世紀喬治王殖民時期的風格，俯瞰著水灣。草坪長達四分之一公里，從海灘開始鋪植，一路越過日晷、磚徑和鮮豔的花園——最後直達豪宅前門。這股氣勢一躍延伸到高牆上，轉變成一片青翠欲滴的常春藤。房子正面是一整排敞開的落地長窗，迎著午後的暖風，反射出耀眼的金光。湯姆．布坎南一身騎裝，雙腿分立穩穩地站在門廊前。

比起在新港念書的那幾年，他改變了很多。現在他三十幾歲，身材健碩，頭髮呈現金黃的稻草色，舉止高傲，一副目中無人的樣子。他炯炯有神的雙眼散發著傲慢的光芒，永遠給人一種盛氣凌人的感覺。那套騎裝雖然講究得像給女孩子穿的，卻掩蓋不住他魁梧壯實的身軀——他的雙腿，將那雙鋥光瓦亮的皮靴從鞋帶頂端到腳背全都繃得緊緊的。他的肩膀一動，那薄外套下的大塊肌肉也明顯地起伏抖動。這是一個孔武有力的身軀，一個蠻橫的身軀。

他的聲音粗魯而沙啞，加深了他在別人心中無情且暴躁的印象。他說起話來就像在教訓人似的，即使對自己喜歡的人也是如此。因此，當年在新港不少人對他恨之入骨。

「聽好，別以為我說這些問題該怎麼樣就是怎麼樣了。」他似乎是在說：「不要因為我比你們更強壯、更像個男人，就覺得一切都得聽我的。」當時我們倆同屬一個高年級聯誼會，儘管不親密，但我總覺得他想藉由站在我這一邊，並透過他那粗獷而倨傲的渴望神色，讓我也喜歡上他。

我們在陽光照耀的門廊前聊了幾分鐘。

「我這地方挺不錯。」他說著，眼神不安地四處張望。

接著他一把抓住我手臂，把我轉了過來。此刻，我們面對的是一個義大利風格的低窪花園，一叢叢香氣襲人的深色玫瑰花叢，還有一艘隨著浪潮在岸邊起伏的獅子鼻汽艇。湯姆伸出他寬大的手掌向前一揮，評論起眼前的景色：

「這地方原本可是德梅因那個石油大王的。」語畢，他又禮貌地把我轉回身去。「我們進屋吧！」

我們穿越挑高的走廊，走進一間明亮的玫瑰色大廳，前後兩頭的落地長窗不著痕跡地將大廳嵌入這棟房子裡。窗戶半開著，外面的青草彷彿就要長進屋裡，在一片青蔥色的映襯下，窗戶顯得越發晶瑩透淨。一陣微風吹進來，窗簾就像隨風飄舞的白色旗幟，一端向內擺，一端往外揚，順著天花板上結婚蛋糕糖花般的裝飾長風襲捲而上，接著拂過深紅色地毯，猶如風拂海面，留下一道影子。

房子裡唯一紋風不動的是一張大沙發床，上面坐著兩位年輕女士，那輕盈的姿態，就好像她們倆是飄浮在空中的氣球，兩人都穿得一身白，衣裙隨風飄擺著，就像氣球在屋裡繞過一圈剛落定位置一般。我失神了一會兒，站在原地聽著窗簾飄動的聲響和牆上畫像的輕聲歎息。突然砰的一聲，湯姆·布坎南關上我身後的玻璃窗，室內的風息才漸漸平靜下來，窗簾、地毯和那兩位女士也隨之緩緩降落地面。

我不認識兩位女士中年輕的那位。她在沙發床的一側伸展著身體，一動也不動，下巴微抬，像頂著什麼東西，正保持平衡以免它掉下來似的。如果她從眼角瞄到我，應該也不會有所表示——老實說，是我自己被她嚇了一跳，還差點張口想說對不起，覺得我打擾到她了。

另一個女孩，就是我表妹黛西。她嘗試起身，身子微微向前傾，一臉認真。然後她笑了，輕輕一笑，傻氣又迷人。我也跟著笑了起來，走進屋裡。

「我幸福得像是要癱……癱掉了。」

她又笑了，好像自己說了一句很棒的話。她拉起我的手，仰起頭來注視我的臉，向我保證：我是她最最想見的人。這是她特有的方式。她小聲告訴我，旁邊那個正在練習平衡的女孩姓貝克。我曾聽人說，她小聲說話只是為了讓別人更靠近她一點。不過這種閒言閒語絲毫無損她迷人的魅力。

這時，不知道為什麼，貝克小姐的嘴唇極細微地動了一下，朝我點了點頭，我差點就沒察覺。她趕緊又把頭仰回去，這一動打亂了她原本的平衡，讓她慌了神，我幾乎要再冒出一句道歉，但她旋即就回到那種全然自我、世界與我無干的表情，讓我既驚訝又佩服。

我回頭看黛西，她開始用低低的、興奮的嗓音向我發問。那聲音讓人不自覺地就想全神貫注地去聽，好像每一句話都是只演奏一遍的音符。她的臉龐憂傷而美麗，帶著明亮的五官：明亮的眼睛、明亮且多情的嘴。此外，她的聲音裡還有一種激動人心的質地，讓所有關愛她的男人都無法忘懷。那是一種昂揚的衝動、一聲輕柔的「聽著」、一種允諾，告訴我們她沒多久前才剛做完什麼歡快興奮的事，而且馬上就會再有。

我告訴她，搬來東部的路上我在芝加哥停留了一天，有十幾個朋友託我向她問好。

「他們想我嗎？」她一陣欣喜地喊道。

「整個城市都想你想瘋了！所有車子的左後輪胎都塗成黑色，彷彿葬禮上的花圈。他們還在城北的湖邊傷心欲絕地哭了整晚。」

「這多好啊！湯姆，我們回去吧！明天就回去！」接著她又自己插嘴道：「你得去看看寶寶。」

「我很樂意。」

「她在睡覺。她三歲了，你還沒見過她嗎？」

「沒見過。」

「噢，你得去看看她。她是——」

坐立不安、一直在屋裡來回走動的湯姆．布坎南這時停了下來，一隻手放到我肩膀上。

「你現在在做什麼，尼克？」

「我在做債券交易。」

「幫誰做？」

我把人名告訴他。

「沒聽過。」他斷然評論。這話讓我很不高興。

「你會聽到的，」我簡單回應道：「你在東部待久一些就會知道他們了。」

「噢，我會留在東部的，你不用擔心。」他瞄了黛西一眼，又看看我，好似在懷疑事情不止表面這麼簡單。「我要是往別的地方去，就真的是個大笨蛋了。」

「一點都沒錯！」貝克小姐突然開口，我被她出其不意的出聲嚇了一跳——畢竟我進屋子這麼久，這還是她第一次開口說話。顯然她自己也吃了一驚，打個哈欠，做上一連串迅速且靈巧的動作，接著站起身來。

「我都坐僵了，」她抱怨道：「真不知道我在那沙發上躺了多久。」

「別看我呀！」黛西反駁道：「我整個下午都在勸你去紐約呢！」

「不必了，謝謝。」貝克小姐對著剛從備餐間裡端出來的四杯雞尾酒說：「我在認真練習。」

湯姆不可置信地看著她。

「你在練習！」他把酒一飲而盡，彷彿杯子裡只剩下最後一滴。「我真不明白你能練成什麼。」

我看著貝克小姐，想著她是要「練成」什麼。我喜歡看她，她身材苗條，胸部小而精緻，腰桿挺得直直的，像個昂首挺胸的年輕軍校生，身姿相當挺拔。陽光照得她的灰眼珠瞇起來，她看著我，在她蒼白、迷人又帶點不滿的臉上，露出了客氣、回禮般的好奇。這時我才想起，以前確實曾在什麼地方見過她，也許是看過她的照片。

「你住在西卵鎮？」她輕蔑地說：「我有認識的人在那。」

「我一個人都不認──」

「你一定認識蓋茲比。」

「蓋茲比？」黛西追問：「什麼蓋茲比？」

我正想回答他是我鄰居，傭人就出來告訴大家晚餐時間到了。湯姆．布坎南二話不說，用他結實的手臂緊靠我的，把我拉出房間，就像把棋盤上的棋子放到另一個格子上一樣。

兩位年輕女士悠然地將細手輕搭上自己的纖腰，搶先向玫瑰色的門廊邁步走去。餐廳面朝夕陽，桌上四根蠟燭在逐漸平息的微風中閃動。

「點蠟燭做什麼呀？」黛西皺眉抗議，用手指將蠟燭掐滅。「再過兩個星期，就是一年中白天最長的日子了。」她神采奕奕地看著我們。「你們會不會也這樣？明明一直盼著白天最長的日子，結果卻給忘了。我老盼著這天，但總是錯過。」

「我們得做個計畫。」貝克小姐打著哈欠說。她坐了下來，像要準備上床睡覺似的。

「好啊！」黛西說：「我們要計畫些什麼呢？」她無奈地朝我問道：「人們都計畫些什麼呢？」

我正要回答，她突然眼神驚恐地緊盯著自己纖細的手指。

「你看！」她抱怨道：「受傷了。」

我們全都往她的手指上看——指關節發青、發紫了。

「湯姆，是你弄傷的。」她責備道：「我知道你不是故意的，但就是你弄的，這就是我嫁給一個粗魯壯漢的報應。你這個人高馬大、結實又笨重的——」

「我討厭『笨重』這個詞，」湯姆生氣地說：「開玩笑也不行。」

「笨重。」黛西照樣說。

有時她和貝克小姐聊天，開些無傷大雅的玩笑，但從不刻意引人注意，也算不上多話。她們的言談就像她們身上的白色裙子，以及那雙彷彿將全部欲念都抽離了的無辜眼眸。她們坐在那兒，應和著我和湯姆，盡量客氣禮貌地與我們應酬。她們知道，此刻正在進行的晚餐很快就會結束，再過一會兒，整個夜晚也會結束，不但結束，還是那種「過著過著就沒了」的結束法。這跟我熟知的西部人生活情況截然不同。在西部，夜晚總是要緊湊地從一個階段過渡到下一個，而人們就在不斷地期望、不斷地失望，以及對每個片刻表現出極度焦躁不安的恐懼之中，直到結束。

「黛西，你讓我覺得自己很不文明。」我在喝第二杯葡萄酒時坦白說。這酒雖然有點軟木塞的氣味，但口感相當不錯。「你就不能聊聊農作物之類的事情嗎？」

我這句話並沒有什麼特別的意思，卻引起了我意料之外的迴響：

「文明就快要消失瓦解了！」湯姆憤怒地脫口說出。「我最近對世事非常悲觀，你讀過戈達德這個人寫的《有色帝國的崛起》嗎？」

「沒有，我沒讀過。」我回答道。他的語氣讓我很驚訝。

「噢，這是本好書，每個人都應該讀一讀。這書講的是，如果我們不當心，白種人就會——就會完全被消滅。這說法可是有科學根據的，已經有人證明出來了。」

「湯姆越來越有深度了。」黛西說著，臉上露出不真心的表情。「他讀的書很深奧，單字很長。上次說的那個單字——」

「我要說的是，這些書都是有科學根據的。」湯姆不耐煩地掃了她一眼，接著說：「寫這本書的人說得很明白，我們還是能決定最後的結果，但我們這種相對優越的人種得提早注意到問題，不然就會被其他種族掌控。」

「我們要把他們打倒。」黛西小聲地說，灼熱的太陽光照得她直眨眼睛。

「那你得住到加州看看——」貝克小姐開口道，但湯姆在椅子上使勁移動身子的聲響打斷了她。

「作者的觀點是，我們是北歐民族。我是，你是，你也是，還有——」他停頓了一下，微微向黛西點點頭，把她也算了進去。黛西又對我眨眨眼。「我們創造了許多東西，才有現在的文明。噢，比如說科學、藝術，還有別的東西，你明白嗎？」

我感覺到某種悲哀隱藏在他那股專注之中，彷彿他的自滿儘管比以前更加強烈，也已經不夠用了。就在這時，屋裡的電話響了，管家一離開門廊，黛西馬上抓住這個空檔，湊近我。

「我要跟你說一個祕密。」她興奮地小聲說：「是關於管家的鼻子。你想知道他鼻子的事嗎？」

「我今晚就是來聽這個的。」

「他呀！不是一直都在當管家。以前他在紐約幫人擦銀器，那家人有一套可以宴請兩百人的銀餐具。他得從早擦到晚，後來他的鼻子就出問題了……」

「事情越來越糟。」貝克小姐說。

「是啊！事情越來越糟，後來他不得不辭掉那份工作。」

有一會兒，夕陽的最後一抹餘暉浪漫而輕柔地落在她煥發光彩的臉蛋上，她的聲音讓我情不自禁地屏息傾聽——然後，光輝散去。每一線光在徘徊愧疚一陣之後便捨她而去，一如孩子們在黃昏時捨不得離開那充滿歡笑的街道。

管家回來了，在湯姆耳邊小聲說了幾句，湯姆皺起眉頭，把椅子向後推，一言不發地走進屋裡。他的離席似乎點燃了黛西內心某種東西，她傾身向前，聲音裡洋溢出熱情，像在唱歌一般。

「我喜歡有你在餐桌上，尼克。你讓我想起——想起一朵玫瑰，一朵絕對而且純粹的玫瑰，是吧？」她轉向貝克小姐，期待她一同附和。「像不像一朵絕對又純粹的玫瑰？」

這還真不像，我一點也不像玫瑰。她只是隨口說說，但又好像有股暖流從她心裡湧出，彷彿在她那挑動人心、讓人無法招架的話語裡，真的藏了她的真心。然後，她突然把餐巾甩到桌上，招呼一句便走進屋裡去了。

我和貝克小姐快速交換了眼神，故意不表露出任何意思。我正要說話，她坐直身子，警覺地說了一聲「噓」。這時，從屋內傳來一陣刻意壓低卻又按捺不住的交談聲，貝克小姐毫不掩飾地把身體往前傾，想聽他們談話的內容。交談聲在模糊與清晰間變換，一會兒沉下去，一會兒又激動地高昂起來，最後停了下來。

「你說的這位蓋茲比先生是我鄰居——」我打破寂靜。

「別說話！我想聽裡面發生了什麼事。」

「有什麼事嗎？」我無知地問道。
「你不知道這事？」貝克小姐一臉驚訝。「我以為人人都知道呢！」
「我不知道。」
「就是——」她猶豫了一下，說：「湯姆在紐約有個女人。」
「有個女人？」我跟著重複道。
貝克小姐點了點頭。
「她至少也該看看時間，不該在晚餐時間打電話給他的，是吧？」
我還沒搞懂她的意思，就聽見裙襬顫動和皮靴蹬地的聲音，湯姆和黛西回來了。
「沒辦法呀！」黛西強顏歡笑，大聲喊道。
她坐了下來，先後朝我和貝克小姐掃視一番，繼續說：「我看了看外面的景色，外面可真是浪漫哪！草坪上有隻鳥，我想牠一定是乘坐康納德號或白星豪華遊輪過來的夜鶯。牠一直在唱歌呢——」她的聲音也像唱起歌來一般。「很浪漫，湯姆，對吧？」
「很浪漫。」說完，他面帶難受的神情對我說：「等等吃完晚餐天色還亮的話，我想帶你去看看馬廄。」

屋裡電話又響了，驚人的響。黛西對湯姆堅決的搖頭，這一搖，關於看馬廄的話題，事實上也包含其他所有話題，全都跟著沒了。我依稀記得這場飯局最後破碎的五分鐘裡，蠟燭又莫名地被點燃，我想好好看清楚每一個人，卻又在極力避開大家的視線。我不知道黛西和湯姆都在想些什麼，但面對這第五位客人尖銳刺耳的催命鈴聲，我懷疑像貝克小姐這樣處事不驚的人也無法無動於衷。就某種程度而言，這個場面算得上複雜糾結——要是我，我的本能反應一定是馬上打電話報警。

看馬廄的事，不用說，當然沒有再提起了。湯姆和貝克小姐漫步走向書房，兩人之間隔著幾英呎的暮色，他們的神情就像要去為一具真實存在的遺體守靈。同一時間，我假裝興致勃勃且全然無知的樣子，跟著黛西走過一連串互通的走廊，到達前門門廊。昏暗的夜色中，我們倆並排坐在一張柳條編織而成的長靠椅上。

黛西雙手捧著自己的臉，似乎在感受這漂亮的形狀一般，緩緩朝著天鵝絨般的暮色望去。我看出她心思混亂，便問了幾個關於她女兒的問題，想讓她平靜下來。

「尼克，我們對彼此不是非常瞭解。」她突然說：「雖然我們是表兄妹，但你連我的婚禮都沒來參加。」

「我去打仗呢！那時還沒回來。」

「是啊！」她猶豫了一下。「哎，我過得很不好，我什麼都看透了，尼克。」

我等著聽她說這話的理由，但她卻沒有繼續說下去。沉默了一會兒，我只好又支支吾吾地聊起她女兒的話題。

「我想她應該會說話，也已經斷奶，會吃東西，什麼都會了吧？」

「嗯，是啊！」她看著我，一副心不在焉的樣子。「聽著，尼克，我告訴你她出生的時候我說了些什麼。你想聽嗎？」

「想。」

「也許你就會明白我為什麼對世事有——這種感覺。她出生還不到一個小時，湯姆就不知道跑到哪去。當時我剛從麻醉中醒來，覺得自己就像完完全全被拋棄了。我馬上問護士是男孩還是女孩，她告訴我是個女孩，我當下轉頭痛哭。我說：『好吧！我很高興是個女孩。我希望她是個傻孩子——這就是女孩在這個世界上最好的出路，做個漂亮的小傻瓜。』」

「你看，反正一切都糟透了。」她堅定不移地說：「人人都這麼覺得，最一流的人都這麼想。我也知道。我哪兒都去過，什麼都看過，什麼都做過。」她的雙眼閃過一道挑釁的光芒，很像湯姆。接著她發出一陣令人不寒而慄的大笑，充滿諷刺。「看破世事啊——上帝，我是個看破世事的人啊！」

當她的聲音停下，不再強逼著我去注意和相信她時，我就感覺她剛才一番話並非出自真心。這讓我很不自在，好像整個晚上都是她為了騙我對她付出感情的一個圈套。我等著，果然，不一會兒，她那張可愛的臉蛋上確實露出了某種虛假的笑意，好像在宣稱自己和湯姆都已經加入某個上流社會的私密俱樂部一般。

屋裡，燈光鋪滿整個緋紅色的房間。湯姆和貝克小姐坐在長沙發的一頭，她正為他大聲地朗讀著《週末夜郵報》，她的聲音低沉而平緩，讓人心神安定。燈光照在湯姆的靴子上閃閃發亮，照在她秋葉般的金髮上卻變得沒了光彩。她將報紙翻過一頁，纖細的手臂微微顫動，燈光在報紙上閃爍著。

我們走進房間時，她舉起一隻手，示意我們先別說話。

「未完待續，」她唸著，把雜誌扔到桌上。「請見下期。」

她抖了抖膝蓋，振作振作精神，站起身來。「十點了，」她好似剛巧抬頭看到時間。「好女孩要去睡覺了。」

「喬丹明天要參加錦標賽，」黛西解釋道：「在威徹斯特那邊。」

「噢……原來你是喬丹．貝克。」

現在我知道為什麼她的臉看起來那麼眼熟了。那張愉悅中帶有傲慢的臉，是我每次讀阿什維爾、溫泉、棕櫚海灘地區的體育賽事報導時，都會一眼就注意到的面孔，彷彿那張面孔正朝我看來。我也聽說過她的傳聞，都是些批評、不好聽的話，不過那些人說了什麼我早就不記得了。

「晚安，」她輕聲說：「八點叫醒我，好嗎？」

「只要你醒得來。」

「我醒得來。卡羅威先生，晚安，改天再見了。」

「當然會再見的，」黛西肯定地說：「其實我覺得你們倆挺相配的呢！尼克，你常到我們這裡來，然後我就——嗯，把你們栓在一起！比如說意外地把你們關進衣櫥啦！或者讓你們上船然後一路開去海上啦！反正就是用盡心機——」

「晚安，」貝克小姐邊上樓梯邊喊道：「我什麼都沒聽見。」

「她是個好女孩，」湯姆過了一會兒說：「他們不應該讓她這樣全國到處跑。」

「誰不應該？」黛西冷淡地問。

「她家人。」

「她家人就只剩一個姑媽，大概有一千歲了。何況現在開始尼克會照顧她的，尼克，對吧？這個夏天她會在這裡度過很多個週末，我覺得這裡的環境對她也很有幫助。」

黛西和湯姆沉默地對視了一會兒。

「她是紐約人嗎？」我趕緊提問。

「路易斯維爾。我們純潔的少女時代就是在那裡一起度過的，我們美好的、純潔的——」

「你在陽臺上是不是跟尼克說了什麼悄悄話？」湯姆突然質問道。

「我有嗎？」她看著我。「我不記得說了什麼，不過我想我們有聊到北歐民族。對，我們是談到這個話題，不知不覺就聊上了，我自己都沒發現……」

「尼克，別相信你聽到的任何事。」他告誡我。

我小聲地說我什麼都沒聽到。

幾分鐘後，我起身準備回家，他們送我到門口，兩人並肩站在一盞明亮的燈光下。我正要發動車子，這時黛西不容分說地喊道：「等等！我忘了問你一件事，很重要的。我們聽說你在西部的老家跟個女孩訂婚了。」

「對呀！」湯姆友善地附和道：「我們聽說你訂婚了。」

「都是些謠言。我這麼窮，怎麼成家。」

「但我們真的聽到別人這麼說，」黛西堅持道，而最讓我感到驚訝的是，這時她又像花朵綻放一般歡快了起來。「三個不同的人都跟我們說過。一定是真的。」

當然，我知道他們指的是什麼事，但我根本就沒有訂婚。我來東部的其中一個原因，就是為了閃躲那些說我訂婚了的風言風語。我不可能因為流言就不跟老朋友來往，但另一方面，我也不想迫於流言的壓力就去結婚。

我對黛西和湯姆的關心感到很感動，他們的財富地位原本讓我覺得遙不可及，但經過這一晚又好像拉近了距離。不過，等我開車離去之後，馬上開始感到困惑，甚至覺得厭煩。我認為黛西現在最應該做的事是：抱著孩子，離開那棟房子。不過她顯然沒有這麼打算。而湯姆「在紐約有個女人」這件事真的沒什麼大不了，反倒是他竟會為了一本書而沮喪，讓人非常驚訝。一定有什麼原因讓他突然關心起那些過時的觀念，可能也是基於這個原因，他那健壯的體格所形成的唯我主義似乎不再能滋養他那顆專斷的心了。

路旁旅館的屋頂，加油站裡一台台蹲坐在燈光下嶄新的紅色加油機，周遭所有的一切都透著盛夏的景象。我回到西卵鎮的住處，把車子停進車庫，坐在院子裡一台被遺棄的割草機上。一會兒後，風已經不見蹤跡，留下一片鼓噪而明亮的夜晚，鳥兒在樹上拍打著翅膀，大地的風箱揚起青蛙的熱情，此起彼落的叫聲就像綿延不斷的風琴演奏。一隻貓的側影在月光下搖擺前行，我轉頭想看牠時，頓時發現自己並不是一個人。五十英呎之外，有個人從我隔壁豪宅的陰影中走了出來。他站在那，雙手插入褲袋，仰望著夜空裡的點點繁星。從他悠然自在的姿態和雙腳穩穩踏定在草坪上的模樣，我一眼就感覺這人肯定是蓋茲比，他正出來巡視眼前這片天地之間屬於他的那一塊。

我想過去跟他打聲招呼。貝克小姐在晚餐時提到他，我可以藉著這個話題向他自我介紹。但是我沒有，因為他突來的一個動作，暗示出此刻他不需要陪伴——他朝眼前幽暗的海水伸出雙臂，樣子很古怪，儘管我離他很遠，但我肯定他在發抖。我不由自主地也朝海面上望去，那裡除了一盞綠燈，什麼也沒有，它渺小而遙遠，或許是在碼頭的盡頭。當我回頭想再看蓋茲比的時候，他已經不見了，留下我獨自一人坐在這不平靜的黑夜之中。

2

在西卵鎮到紐約之間大約一半路程的地方，公路匆匆與鐵道交會，並排跑上四分之一公里的路程，為的就是要避開途中這片荒涼之地——灰燼之谷。在這個怪異的地方，灰燼就像農地裡的麥子，到處長，長成山壁和丘陵，長成怪異的園子；有些灰土堆像房屋、煙囪一般高，甚至還從中飄出裊裊炊煙。如果你努力看，偶爾能隱約從中看見幾個灰撲撲的人形，卻又很快就消失在飛揚的塵土之中。每過一陣子，就有一排灰暗的車箱沿著看不見的鐵軌緩慢爬行，突然發出一聲慘厲的剎車聲，停下來。接著，布滿土灰的人群拖著鐵鏟蜂擁上來，揚起濃密的塵土，讓人看不清他們在做什麼。

不過，在這片灰濛濛的土地上，穿過空中那片籠罩不去的淡薄塵埃，你會看到艾科堡醫生的眼睛。艾科堡醫生那雙湛藍色的巨大眼睛——瞳孔離地面有一碼高。這雙不是畫在人臉上的眼睛，和雙眼外碩大的黃框眼鏡，架在只能憑空想像的鼻樑上，眼眸透過眼鏡向外眺望。顯然，這是個異想天開的醫生做出來的事，此人想必是要為他在皇后區的診所招來更多生意。後來，也許他自己已經兩眼永遠閉上，或者搬走後忘了拆掉這個廣告招牌，只留下這雙眼睛，長年日曬雨淋，無人上漆，光彩逐漸暗淡，但仍若有所思地注視著這片灰沉沉、肅穆且遭遺棄之地。

灰燼之谷的邊上有一條骯髒的小河，每當吊橋被拉起好讓駁船通過的時候，等待火車過橋的乘客就得在火車上盯著這片破敗之景半個小時之久。平常火車開到這裡至少也會停個一分鐘。我就是在這樣的等候時間，見到湯姆．布坎南的情婦。

他有個情婦，是所有人一口咬定的事。他總是把她帶到大家常去的酒店，然後把她一個人扔下，自己在店裡穿梭來去，跟認識的人攀談聊天。這點讓認識他的人都很反感。儘管對她有一點好奇，我也從沒想過要見她——但這一天我還是見到了。有一天下午，我和湯姆一起搭火車去紐約，當我們在灰燼之谷那站停下來時，他突然跳起來，抓住我的手臂，硬是把我從列車上拉下來。

「我們下車，」他堅持要我陪他。「我想讓你見見我女友。」

我想他是午餐的時候喝多了，幾乎像動粗一般的硬拉著我和他下車。顯然他自以為是地斷定我週日下午一定沒有其他事情可做。

我跟著他翻越一排刷得雪白的鐵路柵欄，在艾科堡醫生目不轉睛地注視下沿著公路往回走了有一百碼。視線所及唯一一棟建築是一排黃磚小房子，座落在這片荒涼之地的邊緣。這裡大概就是為居民提供日用品的商場「大街」，因為再望出去就什麼都沒有了。這排房子一共有三家店鋪，一家正在招租，另一家是二十四小時營業的餐廳，門前有一條爐渣小道。第三家是一間修車行，招牌上寫著：修車。喬治．威爾遜。買車賣車。我跟在湯姆身後走了進去。

店內的裝潢一眼看上去就知道生意不好，空蕩蕩的，只有一輛灰塵滿布的福特車蜷縮在陰暗的角落。我突然有個念頭，這個看起來不堪使用的店面搞不好只是個幌子，在我頭頂上可能有棟浪漫的豪華公寓。這時，老闆突然從一個小辦公室門後走了出來，拿著抹布擦著手。他有一頭金髮，無精打采，面無血色，樣貌倒還可以。看見我們時，他那雙淺藍色的眼睛裡湧現出一絲微弱的希望。

「哈囉，威爾遜，」湯姆快活地拍拍他的肩膀。「生意怎麼樣啊？」

「還行吧！」威爾遜答道，聲音完全不具說服力。「你什麼時候才要把那輛車賣給我啊？」

「下週。我已經叫人在弄了。」

「這人手腳挺慢的是吧？」

「不，他不慢。」湯姆冷冷地說：「如果你覺得太慢的話，也許我應該賣給別人。」

「我不是這個意思，」威爾遜急忙解釋道：「我只是說——」

他的聲音越來越小，湯姆不耐煩地掃視著車行。接著，從樓梯間傳來腳步聲，片刻之後，一個豐腴的女人身形擋住了辦公室門口的光線。她大約三十五、六歲，身材略顯豐滿，是那種很有美感的豐滿，有的女人就是能夠這樣。她的臉蛋在沾滿油漬的深藍色洋裝的襯托下，並沒有多少姿色，可是一眼就能看出她充滿活力，彷彿全身都在不停地燃燒。她緩緩一笑，從她先生身邊若無其事地走過，當他是個鬼魂似的，過來和湯姆握手，眼神熱切地與他對視。她潤了潤自己的嘴唇，頭也不回便用低沉而沙啞的嗓音對著威爾遜說：「去拿把椅子呀！怎麼愣在這兒，至少讓人有個地方坐吧！」

「噢，對。」威爾遜連聲應道，轉身往小辦公室走去，他的身影馬上就和牆上的水泥色融成一片，灰白的塵土籠罩了他深色的衣服和淺色的頭髮，掩蓋住他所看到的一切——除了他的妻子，她向湯姆走近。

「我好想你，」湯姆熱切地說：「我們搭下一班火車吧！」

「好。」

「我在底下的賣報攤旁等你。」

她點點頭，從他身邊走開的時候，剛好喬治．威爾遜拿著兩張椅子從辦公室回來。

我們在公路上遠離修車行的地方等她。再過幾天就是七月四日了，旁邊一個灰頭土臉、骨瘦如柴的義大利小孩正沿著鐵軌燃放一排魚雷炮。

「這地方真可怕，是吧？」湯姆對著艾科堡醫生皺了皺眉。

「太糟了。」

「離開這裡是對她好。」

「她先生不反對嗎？」

「威爾遜？他以為她要去紐約看她姊姊。他太愚蠢了，連自己是不是活著都不知道。」

就這樣，我和湯姆．布坎南，還有他情婦一起去了紐約，其實不算是「一起去」，因為威爾遜太太很謹慎，自己坐在另一節車廂，而湯姆也妥協了，畢竟他不想引起火車上其他東卵鎮人的反感。

威爾遜太太換上一件棕色花布的洋裝，到了紐約，湯姆牽她下車的時候，裙子緊緊地繃在她寬大的臀部上。她在賣報攤買了一本《紐約閒話》和幾本電影雜誌，在車站的藥店又買了一瓶冷霜和一小瓶香水。接著我們來到車站最上層，在靜穆、回聲四起的車道上，她一連放棄四台計程車，最後選中一輛嶄新的淺紫色轎車，裡面配有灰色的坐墊。我們坐著這輛車慢慢駛出這龐大的車站，開進燦爛的陽光裡。不一會兒，她突然從車窗邊轉過頭來，探身向前，敲了敲前面的玻璃。

「我想要一隻那樣的小狗，」她急切地說：「我想在家裡養隻那樣的小狗。養隻狗，挺好的。」

我們的車退回到一個灰髮老人面前。說起來很可笑，他長得很像洛克菲勒[4]。他的脖子上掛著一個籃子，十幾隻剛出生、品種不明的小狗蜷縮在裡頭。

「牠們是什麼品種？」老人才剛走到車門前，威爾遜太太就急著問道。

「什麼品種都有。你想要哪一種，太太？」

「我想要警犬，你沒有警犬吧？」

老人猶豫地往籃子裡瞧，伸手進去，捏起一隻小狗的頸背把牠拎了出來，小狗的身子在他手裡扭來扭去。

「那可不是警犬。」湯姆說。

「對，這不是警犬，」老人的聲音流露出失望的情緒。「牠更像隻艾爾梗萬能犬。」他撫摸著小狗後背那毛巾般的棕色皮毛。「瞧瞧這皮毛，這皮毛真不錯！而且這種狗絕對不會感冒，不會給您添麻煩的。」

「我覺得好可愛，」威爾遜太太興高采烈地說：「多少錢呀？」

「這隻嗎？」他向小狗投以讚賞的眼光。「這隻狗十美金。」

這隻狗某些地方的確有艾爾梗萬能犬的特徵，儘管牠的爪子白得出

4 美國實業家，慈善家。

奇。不過不管怎樣，牠還是有了新主人。小狗坐進威爾遜太太的懷裡，她欣喜若狂地撫摸著那身不怕風吹雨打的皮毛。

「是男孩，還是女孩？」她問得很巧妙。

「那隻狗嗎？是個男孩。」

「是隻賤母狗。」湯姆斷然地說：「來，錢在這，拿去再買個十隻來賣吧！」

我們把車開上第五大道，這裡陽光和煦，空氣輕柔，夏天的週日午後洋溢著一派田園氣息。就算現在有一群白色綿羊出現在街角，我也一點都不會覺得奇怪。

「停一下，」我說：「我得在這裡下車了。」

「不，你不能走。」湯姆急忙插話道：「你不跟我們一起過去，梅朵會很傷心的。梅朵，是吧？」

「來嘛！」她趕緊勸道：「我打電話叫我妹妹凱薩琳也過來。有眼光的人都說她很漂亮。」

「呃，我很想去，可是——」

車子繼續往前，掉頭穿過中央公園，朝西城一百多號街的方向開去。

到了158號街，出現一長排白色蛋糕般的公寓，我們在其中一棟前面停了下來。威爾遜太太一派王者歸來的模樣，威嚴地環視四周，帶著她的小狗和其他東西走了進去。

「我去請麥基夫婦也上來。」我們上電梯時她說：「噢，當然了，還要打電話叫我妹妹過來。」

房子在頂樓，有一間小客廳、一間小餐廳、一間小臥室，還有間浴室。一套花色織布的傢俱把客廳擠得滿滿的，幾乎頂到門口，彷彿在屋裡走上兩步就會被絆倒在織布的花色之中——花色是幾位仕女在凡爾賽宮的花園裡盪鞦韆。牆上唯一一幅圖畫是一張放得過大的照片，一眼看上去像一隻母雞蹲坐在一顆模糊不清的石頭上。從遠處望去，才發現那隻母雞化成了一頂圓帽，帽子下面是一位胖老太太笑盈盈的臉，她正俯視著這個房間。桌上放著幾本過期的《紐約閒話》，還有一本《有個彼得叫西蒙》和幾本百老匯黃色刊物。威爾遜太太首先關心那隻狗，一個電梯工人不情願地弄來一個墊有稻草的箱子和一些牛奶，然後又主動搞來一大罐狗餅乾，其中一塊還在牛奶裡泡了一下午，都沒怎麼泡爛。這時湯姆從一個上鎖的櫃子裡取出一瓶威士忌。

我這輩子醉過兩次，第二次就是那天下午。所以，儘管屋子到了晚上八點仍光亮璀璨，那天發生的事我都模模糊糊地記不清楚。威爾遜太太坐在湯姆腿上，給好幾個人打電話，一會兒香菸沒了，我就去街角的藥店買菸。等我回來的時候，他們倆都不見了，我只好識趣地坐在客廳裡看《有個彼得叫西蒙》。不過，要麼是書寫得太爛，要麼是威士忌把我搞得神智不清，反正我是有看沒懂。

第一杯酒下肚之後，我跟威爾遜太太就互相直呼名字了——湯姆和梅朵從房裡出來的時候，客人們正好敲門。

梅朵的妹妹凱薩琳大約三十多歲，是一個苗條而俗氣的女人，她披著一頭硬硬的、濃密的紅髮，整張臉畫得像牛奶一般白。她的眉毛先拔過又再畫上一道，眉尖勾得相當精巧，但新長出來的眉毛仍維持舊貌，讓她的眉目間略顯雜亂無章。她一走動，手臂上戴的幾個假玉鐲碰來碰去，叮噹作響。她動作敏捷地走進客廳，掃視一圈，彷彿這些全是她的東西，這個舉動讓我猜想她可能原本住在這裡，但當我問起她的時候，她毫無顧忌地放聲大笑，大聲重複我的問題，然後告訴我她和一個女孩住在旅館裡。

麥基先生住在樓下，是個白皮膚、挺女人味的男人。他剛刮過鬍子，顴骨上還留有一點白色肥皂泡沫。他畢恭畢敬地和屋裡每個人打招呼，說他是「玩藝術的」。後來我才知道他是個攝影師，梅朵母親的照片——那幅掛在牆上，被放大得模糊不清，像細胞外皮層一般的照片就是他拍的。他的妻子尖聲尖氣，無精打采，容貌姣好卻是個討厭之人。她得意地告訴我，自從結婚以來，她先生已經為她拍攝一百二十七張照片。

梅朵不知何時換了衣服，現在她穿的是做工精細的小禮服，一件乳白色的雪紡紗洋裝。她在屋裡走動的時候，裙子會不斷發出沙沙聲響。因為換了衣服，她的性情也跟著轉變，下午在修車行裡飽滿的活力四射現在成了目空一切的傲慢。她的笑聲，她的手勢、談吐，每分每秒都在變得更加做作。隨著她的不斷膨脹，屋裡的空間也變得越來越小，最後，在菸霧瀰漫的空氣中，她就像坐在一根吱嘎作響的木軸上獨自旋轉表演著。

「親愛的，」她裝腔作勢地大聲對她妹妹說：「這年頭的人多半是騙子，他們都想騙你的錢。上週我請一個女的過來幫我看腳，等她給我帳單的時候，我還以為她替我割了盲腸呢！」

「那女的叫什麼名字？」麥基太太問。

「艾伯哈特太太。她經常到別人家替人們看腳。」

「我喜歡你的洋裝。」麥基太太說：「我覺得很好看。」

梅朵輕蔑地把眉毛一挑，對這句恭維話表示否定。

「不過就是件破衣裳。」她說：「我不在乎自己形象的時候，就拿來隨便穿穿。」

「但你穿起來挺好看的，你明白我的意思吧？」麥基太太緊接著說：「如果賈斯特能把你這副姿態拍下來，我相信一定會是幅傑作。」

我們都沉默地看著梅朵，她撥開眼前一綹頭髮，對我們甜甜地笑了笑。麥基先生把頭歪向一邊，專注地端詳著她，伸出一隻手在她面前來回移動。

「我得換個光線。」他說：「我想再加強她臉部的立體感，還要試著把她後面的頭髮也一起拍進來。」

「我覺得不用換光線，」麥基太太說：「我覺得這——」

她先生說了一聲「噓」，於是我們又把目光投回拍攝的主角。這時，湯姆．布坎南大聲打了個哈欠，站起身來。

「麥基，你們夫婦倆喝點什麼吧！再來點冰塊或礦泉水？梅朵，別讓大家睡著了！」

「我早叫那個男孩去拿冰塊了。」梅朵再次挑了挑眉毛，似乎是在對下人的不中用表示絕望。「這些人，你得一直盯著他們才行呢！」

她突然看向我，不知何故地大笑起來。接著又湊近到小狗面前，欣喜若狂地親了親牠，便一身氣派地往廚房走去，好像有十幾個大廚正在那裡聽命似的。

「我在長島那邊拍過幾張好東西。」麥基先生肯定地說。

湯姆茫然地看著他。

「其中兩幅我還裱起來掛在樓下。」

「兩幅什麼？」湯姆問道。

「兩幅作品。一幅叫《蒙塔角——海鷗》，另一幅叫《蒙塔角——大海》。」

梅朵的妹妹凱薩琳在我身旁的沙發上坐下。

「你也住在長島嗎？」她問道。

「我住在西卵鎮。」

「真的嗎？一個月前我在那裡參加過宴會，一個叫蓋茲比的人家裡。你知道他嗎？」

「他是我鄰居。」

「哦！他們說他是德國威廉皇帝的侄兒還是什麼親戚，他的錢都是從那裡來的。」

「真的嗎？」

她點點頭。

「我有點怕他，不想跟他牽扯上什麼關係。」

關於我鄰居這番極有趣味的報導被麥基太太打斷，她突然伸手指向凱薩琳。「賈斯特，我覺得你也能幫她拍張好看的。」她大聲喊道，但麥基先生只是敷衍地點了點頭，又把注意力轉回湯姆。

「如果有機會的話，我想在長島多開發些業務。我唯一的請求就是請他們幫我起個頭。」

「你問梅朵好了。」湯姆哈哈一笑，這時梅朵正端著托盤進來。「她會替你寫封介紹信。梅朵，對吧？」

「幹什麼？」她驚訝地問道。

「你來幫麥基寫一封介紹信給你先生，然後他就會替你先生拍幾幅作品。」他的嘴唇靜靜地動了一會兒，隨口編道：「作品名稱《在油泵前的喬治・B・威爾遜》之類的。」

凱薩琳小聲地湊到我耳邊說：「他們倆都受不了自己家裡的另一半。」

「是嗎？」

「受不了。」她看看梅朵，再看看湯姆。「我是說——既然受不了，幹嘛還一起生活？如果我是他們，一定馬上離婚跟別人結婚。」

「她也不喜歡威爾遜嗎？」

這個問題的答案出乎我的意料。梅朵聽到了我們的對話，她用粗暴、難聽的言語憤憤地回話。

「你看！」凱薩琳勝利般的喊道，然後又壓低嗓門說：「他們不能結婚是因為他妻子。他妻子是天主教徒，不贊成離婚。」

黛西並不是天主教徒。湯姆煞費苦心編出來的這個謊話讓我有點震驚。

「如果他們真的結了婚，」凱薩琳繼續說：「他們準備去西部待上一陣子，等風頭過後再回來。」

「去歐洲更保險。」

「哦，你喜歡歐洲嗎？」她出其不意地喊道：「我剛從蒙地卡羅[5]回

5 摩納哥一個城市，世界著名的賭城。

來。」

「真的啊？」

「去年，我跟另一個女孩一起去的。」

「待很久嗎？」

「不久，我們只去一下就回來了。我們是從馬賽去的，去的時候帶了一千二百多美金，但兩天後就在賭場被人騙個精光。跟你說吧！我們回來的時候可慘了。老天，我恨死那個城市了！」

傍晚的天色在窗外綻放，猶如地中海湛藍而溫潤的海水——這時麥基太太尖銳的聲音又把我拉了回來。

「我也差點犯了個錯。」她聲音洪亮地宣布道：「我差點就要嫁給一個追了我好幾年的猶太年輕小伙子。我知道他配不上我，人人都跟我說：『露西爾，那個人跟你差遠了。』但如果我沒有遇上賈斯特的話，我肯定就跟著他了。」

「沒錯！可是聽著，」梅朵．威爾遜搖頭晃腦地說：「至少你沒跟他結婚啊！」

「我知道我沒有。」

「對，但我嫁給了我家那個，」梅朵含糊地說：「這就是我和你的情況不同之處。」

「梅朵，那你為什麼要嫁給他呢？」凱薩琳問道：「沒有人強迫你啊！」

梅朵想了一會兒。

「我嫁給他是因為我覺得他是個紳士，」她最後說：「我以為他很有教養，誰知道他連舔我的鞋都配不上。」

「你有段時間可是很迷他的呢！」凱薩琳說。

「很迷他！」梅朵不可置信地說：「誰說我很迷他了？我從來沒有迷過他，就像我從來沒有迷過那邊那個男人一樣。」

她突然指向我，在場所有人都以責備的眼神望向我。我試著做出一種不期待誰來愛我的表情。

「結婚的時候我是迷上他了，不過是犯迷糊的迷，我馬上就知道自己犯了個大錯。他結婚穿的西裝是跟別人借來的，還不肯告訴我呢！有一天他出門的時候，那個人來拿回西裝。『哦，這是你的衣服啊？』我說：『我還不知道呢！』我還給他，然後躺到地上，整個下午哭得稀哩嘩啦的。」

「她真的應該離開他，」凱薩琳又對我說：「他們倆在那間修車行樓上住了十一年，而湯姆是她遇到的第一個愛人。」

那瓶威士忌——第二瓶了——除了凱薩琳之外，大家都不停地喝，因為她「什麼都不喝也照樣亢奮」。湯姆按門鈴呼叫門房，請他去買一個有名的三明治，聽說吃了能抵一頓晚餐。我想到外頭去，想在柔和的暮色中向東朝公園走去，但每次我一想走，就又馬上被捲入一場激烈刺耳的爭執中，好像有根繩子一直要將我拉回座位上似的。然而，在城市的上空，我們這排透著燈光的窗戶，一定為街上某個悠然張望的行人開啟了一段人生意料外的私祕體驗。而我也看到了這位行人，他仰起頭，浮想聯翩。我既身在其中，又身在其外，對人生的變幻無窮感到既陶醉又厭惡。

梅朵把她的椅子拉到我旁邊，突然一股熱氣襲來，她講起她和湯姆第一次見面的故事。

「故事發生在相對望的座位上，火車經常就只剩下那兩個座位。我正要去紐約看我姊姊，順便在那裡住上一晚。他穿著一身西裝，一雙漆皮鞋，我忍不住一直朝他看，但每次他回看我，我就假裝是在看他頭上的廣告。下車後，我們走進車站，他挨到我身邊，雪白的襯衫前胸緊貼著我手臂，我告訴他我要報警了，不過顯然他知道我在騙他。我神魂顛倒地跟著他上了計程車，還以為自己上的是地鐵。那時，我千百次地想：『要永遠在一起，要永遠在一起。』」

她轉身看麥基太太，屋裡充滿了她做作的笑聲。

「親愛的，」她喊道：「這件衣服我今天穿完就送你，我明天再去買一件。我得把所有要做的事情列張單子：按摩、燙髮、給小狗買個項圈、買個小巧可愛的菸灰缸，再替媽媽的墳上買個有黑色蝴蝶結的花圈，可以放一整個夏天的那種。我一定要寫張單子，不然會忘記要做什麼。」

已經九點了——轉眼我一看錶，發現又十點了。麥基先生在椅子上睡著了，雙手握拳放在大腿上，活像一張行動力十足的個人照。我掏出手帕，將他臉上那一小塊讓我難受了整個下午的肥皂泡沫擦掉。

小狗坐在桌上，兩眼在煙霧中茫然地張望，不時輕輕嘟噥幾聲。屋裡的人們一會兒不見，一會兒又出現；準備一起去什麼地方，然後找不到對方，又再去找對方，最後就在幾呎之內找到了彼此。將近午夜時，湯姆．布坎南和梅朵面對面激烈地爭吵著一件事：梅朵有沒有權利提起黛西的名字。

「黛西！黛西！黛西！」梅朵喊道：「我想叫就叫！黛西！黛——」

湯姆・布坎南二話不說，大手一伸，一巴掌把梅朵的鼻子打流血了。

接下來，浴室地板上全是血淋淋的毛巾，屋裡充滿女人的責罵聲。一片混亂之中，還有一陣斷斷續續的痛苦哀號，麥基先生醒了，糊里糊塗就往門口走去，走到一半，他回過頭來呆看著這個場景——他的妻子和凱薩琳一邊罵、一邊哄，手裡拿著急救工具，在擁擠的客廳裡跌跌撞撞地走來走去，以及沙發上那個心碎的人兒，血流不止，還一邊想把《紐約閒話》鋪到花色織布椅套的仕女圖案上。麥基先生轉過頭去，走出門。我從燈架上取下帽子，也跟著走出去。

「改天過來一起吃午餐吧！」我們坐著吱嘎作響的電梯下樓時，他建議道。

「去哪？」

「隨便去哪都行。」

「別碰電梯開關。」電梯工人嚷嚷道。

「抱歉，」麥基先生恍恍惚惚卻也不失身份地說：「我不知道我碰到了。」

「好吧！」我表示同意道：「我一定奉陪。」

後來，我隱約地記得自己站在麥基先生床邊，他則穿著內衣褲坐在床上，手裡捧著一大本相冊。

「美女與野獸……寂寞……舊雜貨馬車……布魯克林大橋……」

這天晚上，我最後的記憶是自己半睡半醒地躺在賓州車站冰冷的候車室裡，盯著剛出爐的《論壇報》，等待凌晨四點的火車。

3

整個夏天，我的鄰居家夜夜傳來音樂聲。在他幽藍色調的花園裡，男男女女像忙碌的飛蛾，在笑語、香檳和星光間往來穿梭。下午海水漲潮時，客人在他庭院前的海邊高臺上跳水，或者躺在他海灘的熱沙上曬太陽。同時，他的兩艘小汽艇則忙著拖曳滑水板，駛過海灣激起翻騰的浪花，向前奔去。每到週末，他的勞斯萊斯轎車就成了免費公車，從早上九點到深更半夜在城市裡來來去去，接送客人。而他的接駁用車也像蹦跳忙碌的黃色小蟲，疾馳去火車站接駁所有班車的旅客。每個週末結束後的星期一，八個傭人，包括一個臨時園丁，得用拖把、刷子、榔頭、修枝葉的剪刀辛苦地忙上一天，來收拾前一晚的殘局。

每週五，五大箱柳丁和檸檬從紐約一家水果店送來這裡；每週一，同一批柳丁和檸檬則在後院變成切半的爛果皮，堆成高高的錐塔，從他家後門運走。他的廚房裡有台果汁機，傭人只要用拇指按上兩百下，半個小時內就能將兩百多個柳丁榨成汁。

至少每週兩次，大批承辦宴席的人們從城裡趕來，帶著幾百呎搭篷用的帆布和各式各樣的彩燈，將蓋茲比家廣大的花園裝飾得像一棵聖誕樹。自助餐桌上擺滿各色冷盤，切片的燻香火腿周圍堆滿五顏六色的沙拉，還有烤得金黃的乳豬和火雞。大廳裡有一個用銅製欄杆組合起來的酒吧，備有各類琴酒、烈酒和罕見的甘露酒，不過來此的女客人大多數還太年輕，不懂這些酒的差別。

七點一到，管弦樂團就來了。不是那種簡便的五人樂隊，而是囊括雙簧管、長號、薩克斯風，以及大小提琴、小號、短笛，甚至還有大小鼓的正規大型樂團。最後一批游泳的客人已經從海灘回來，正在樓上客房換衣服；從紐約開來的車滿滿地在車道上停成五排。所有廳堂、客室、陽臺都布置得五彩繽紛，女客人們頂著不同款式的法式短髮，披著西班牙貴族卡斯帝爾人作夢都想不到的絲巾。酒吧四周圍著滿滿的客人，一盤盤雞尾酒端進端出，連院子裡都瀰漫著酒香。漸漸地，整個空氣裡便充滿了歡聲笑語、隨意且轉眼就忘的打趣和介紹，以及素不相識的女人間熱烈的交談。

太陽踉蹌地離開了大地，蓋茲比家的燈光卻越來越亮。這時，管弦樂團演奏著溫馨的雞尾酒樂曲，「賓客合音團」的談話聲跟著提高了音調。隨著時間一分一秒過去，人們的歡笑聲越發此起彼落起來，一句隨口的玩笑話都能引起如浪的哄堂大笑。客人走了一批又湧入新的一批，更替得越來越快，簇擁而來的新客人很快就再度把氣氛炒熱。也有人一直待著，到處都吃得開，好比那些在人群中穿梭自如、自信滿滿的女孩，她們在這片刻的歡樂中成為人群的焦點，洋溢著勝利的微笑，在不斷變幻的燈光下，隨著瞬間轉換的面孔、聲音和色彩繼續遊蕩。

一個滿身珠光寶氣的吉普賽人突然抓起一杯雞尾酒一飲而盡，壯了壯膽，接著就像弗利斯克[6]一樣擺動起雙手，一個人到舞池裡跳起舞來。片刻的寂靜之後，樂團主動為她換上新的樂曲，人群中暴出一陣此起彼落的談話聲，因為有謠言傳說她正是富麗秀劇團裡吉爾德．格雷[7]的接班人選。晚會正式開始了。

---

6 美國二〇年代著名的舞蹈明星。

7 美國二〇年代著名的好萊塢舞者。

我相信第一次去蓋茲比家的那個晚上，我是少數幾個確實有受到邀請的人。其他大多數的客人都是沒有被邀請——就直接登上他家家門。他們坐上車子，車子把他們載到長島，然後就來到了蓋茲比家門口。他們到了那兒，請認識蓋茲比的人介紹一下，接下來，他們的言談舉止就像踏入娛樂場所一般。有時，這些人從抵達蓋茲比家到離開都沒見到蓋茲比，他們僅憑著一顆赴宴之心，就當是入場券了。

我確實有受到邀請。那個週六一大早，一個身穿藍綠色制服的司機穿過我家草坪，替他主人蓋茲比送來一張極其正式的請帖，上面寫道，如果我能去參加他「小小的聚會」，他將為此感到不勝榮幸。他還說他見過我幾次，早就想登門拜訪，卻因為種種緣故未能如願。末尾是傑．蓋茲比的簽名，筆跡莊重。

七點剛過，我身穿一套白色法蘭絨便裝就過去他家草坪參加宴會，彆扭地在一群素不相識的人群中走動——儘管偶爾也會看到幾張我在火車上曾見過的面孔。我注意到，客人裡有不少年輕的英國人，他們穿著講究，卻面帶饑色，用低低的聲音熱切地和大錢在手的美國人交談。他們一定是在推銷什麼，債券，或者保險，不然就是車子。他們苦悶地意識到賺錢的機會近在咫尺，並相信只要說上幾句好聽的話，錢就是他們的了。

我一到蓋茲比家就開始找主人，接連問了兩、三個人主人在哪，他們都驚訝地看著我，表示完全不知道主人的行蹤。我只好默默走向放雞尾酒的桌子，畢竟只有站在花園裡這個地方，一個單身男子才不會顯得孤獨茫然。

我不知道要做什麼好，正想乾脆來喝個不醒人事，就看到喬丹．貝克從屋裡走出來，站在大理石臺階上，身子微微向後仰，輕蔑地俯視著整座花園。

無論人家歡不歡迎，我都覺得有必要為自己找個伴，不然我就只能跟路過的客人做作寒暄了。

「嗨！」我大喊一聲，朝她走去。我的聲音在花園裡響得很不自然。

「我就知道你在這，」我走上前去時，她心不在焉地說：「我記得你說過你住在他家隔壁……」

她隨意地和我握了握手，說她待會兒再來找我，接著馬上把耳朵湊到兩個站在臺階下說話的女孩旁去，她們穿著相同的黃色洋裝。

「嗨！」她們齊聲說：「真遺憾你沒贏。」

她們說的是高爾夫球賽，她在上個星期的決賽中輸掉了。

「你不知道我們是誰，」其中一個黃衣女孩說：「但一個月前我們在這裡見過你。」

「……那之後你們就把頭髮染了。」喬丹說，我大吃一驚，不過那兩個女孩已經漫不經心地走開了，她這句話也只能說給早早升起的月亮聽了。不用說，這月亮也和晚餐一般，就像從宴席承辦者的籃子裡拿出來的。我挽著喬丹纖細的手臂，和她一起走下臺階，到花園裡散步。暮色中，一盤盤雞尾酒和我們擦身，我們找了個桌子坐下，跟我們同桌的還有剛才那兩位黃衣女孩和三位男士，他們的自我介紹聽得我們一頭霧水。

「你常來這裡聚會嗎？」喬丹問她旁邊那位女孩。

「上次就是見到你的那次。」女孩機靈而自信地回答，轉向她的同伴問道：「露西，你呢？」

露西也一樣。

「我喜歡來這裡。」露西說：「我從不擔心自己該幹什麼，所以也玩得很開心。上次來的時候，我的禮服被椅子劃破了，他就問我叫什麼名字、住在哪。不到一星期，我就收到克羅里公司寄來的包裹，裡面是一件晚禮服。」

「你收下了嗎？」喬丹問。

「當然收下了。本來今晚要穿的，但它胸口的領子有點大，我得先拿去改。禮服是淡藍色的，鑲著淡紫色的珠子，兩百六十五美金。」

「這人做得如此周到，還真有意思。」另一個女孩熱切地說：「也許他是不想招惹到任何人。」

「誰？」我問道。

「蓋茲比啊！有人跟我說——」

兩個女孩和喬丹神祕地湊上去聽。

「有人跟我說，他們認為他曾經殺過人。」

我們一聽全愣住了。那三位身分不明的男士也跟著傾身向前，專心地聽著。

「我覺得不太像，」露西懷疑地說：「他更像大戰時的德國間諜。」

其中一位男士認同地點了點頭。

「有個知道他底細的人跟我說，他們以前一起在德國長大。」他表示這個消息絕對錯不了。

「噢，不對，」第一個女孩說：「不可能！因為打仗的時候他人在美國當兵。」由於我們轉而相信她的說法，她便更傾身向前，滿懷自信地繼續說：「你們趁他不注意的時候，仔細瞧瞧他。我敢說——他一定殺過人。」

她瞇起眼睛，打了個哆嗦，露西也跟著打了個哆嗦。我們都轉過身，目光四處搜尋著蓋茲比。儘管這些人都認為世上早已沒有什麼神祕之事，但一談起蓋茲比仍竊竊私語，這就足夠證明他為我們帶來了多少浪漫無垠的遐想。

第一頓晚餐（午夜後還有一頓）上桌，喬丹邀請我到花園另一邊，和她那群人一起坐。那裡一共有三對夫婦，還有一個和喬丹一起來的人。他是個頑固的大學生，說話喜歡含沙射影，此外，他還顯然一心認定喬丹遲早是他的人。這桌人並沒有到處交談遊走，反而正襟危坐，彷彿自己代表了舉止莊重高貴的紳士——從東卵鎮屈尊光臨西卵鎮，小心翼翼地提防著，深怕陷入紙醉金迷的歡愉之中。

「我們走吧！」喬丹小聲地說，聽起來像是覺得這半個小時被白白浪費了。「這裡對我來說太拘束了。」

我們起身，她向大家解釋我們要去找主人，並說自己從沒見過他，我覺得不大對勁。那位大學生點點頭，一副無所謂卻又略帶感傷的樣子。

我們先在酒吧附近待了一陣子，人很多，但沒看見蓋茲比。喬丹從臺階上往下看，找不到他，陽臺上也沒有。我們想碰碰運氣，便推開一扇造型莊肅的大門，走進一個挑高的哥德式建築圖書室，四壁鑲著英式的雕花橡木，很可能是從某個外國古蹟直接搬過來的。

一個矮矮胖胖的中年男人，戴著框架很大的貓頭鷹式眼鏡，醉醺醺地坐在一張大桌子旁，眼神迷糊地盯著書架上一排排的書。我們一進門，他就興奮地轉過身來，上下打量了喬丹一番。

「感覺如何？」他冒失地問。

「感覺什麼？」

他朝書架那邊揮了揮手。

「那個……說實話你不用再看了，我已經全部仔細地看過，它們都是真的。」

「書嗎？」

他點點頭。

「絕對是真的，一頁一頁，什麼都有，我還以為只是些裝飾用的書架呢！沒想到竟然是真的，還有——這裡！我拿給你看。」

他似乎是覺得我們一定不會相信他的話，跑到書架旁，拿出《斯塔德演說集》第一卷。

「看見了吧！」他得意洋洋地喊道：「這可是真正的印刷品，把我給震住了。這傢伙簡直是貝拉斯科[8]，厲害啊！多麼完美！多麼真實！也很有分寸——沒有裁開任何書頁。你還想看什麼？你還指望什麼？」

他從我手中把那本書一把搶了回去，急忙放回書架上，嘟噥著說如果動了這裡的一磚一瓦，整個圖書室都會坍塌。

「誰帶你們來的？」他問道：「還是你們是不請自來的？我是別人帶來的，大多數的人都是別人帶來的。」

喬丹機靈而友好地看著他，沒有回答。

「我是一個叫羅斯福的女人帶來的，」他繼續說：「克勞德·羅斯福太太，你們知道她嗎？我昨天剛好在一個地方遇見她。到今天為止，我已經醉了一整個星期了，坐在圖書室裡也許能讓我清醒清醒。」

「清醒了嗎？」

「有一點吧！我想，我不清楚。我才剛來一小時，我跟你們講過這些書嗎？它們是真的，它們——」

我們禮貌地跟他握過手，走出門外。

這時，有人在花園裡的地板上跳起了舞。老男人們推著年輕女孩向後退，不停轉著甚無美感的圈子。氣質出眾的情侶們摟在一起，在角落裡跳著流行的舞步，身體扭動著。還有不少單身女孩在獨舞，或者幫管弦樂團彈彈班卓琴、敲敲打擊樂器。到了午夜，這場狂歡更加熱鬧。一位男高音用義大利文放聲歌唱，一位名聲欠佳的女低音也開始演唱爵士歌曲，在演唱節目的間隙，人們到花園裡欣賞特技表演，此時，歡樂而空虛的笑聲響徹夏夜的天空。舞臺上一對雙胞胎（其實就是那兩位黃衣女孩）穿上戲服演了一場兒童劇。一波波端出來的香檳倒在一個個比洗手碗還大的杯子裡。月亮升得更高了，海灣上空浮現一個三角狀的銀色天平，隨著草坪上的班卓琴聲輕輕顫動。

我還跟喬丹·貝克在一起。和我們同桌的是一個跟我差不多年紀的男

8 美國著名導演，劇作家。

士，以及一個言行粗野的小女孩，她動不動就笑得不可自抑。我喝下兩大杯香檳之後，眼前的景色變得意味深長，我開始自在地享受起這種自然又深刻的宴會氣氛了。

節目間隙的休息時間，一個男人看著我微笑起來。

「你看起來很面熟，」他禮貌地說：「打仗的時候，你在第一師嗎？」

「沒錯，我在步兵二十八連。」

「一九一八年以前我在十六連，我就知道我肯定見過你。」

我們交談了一會兒，聊到法國一些潮濕、灰暗的小村莊。他顯然就住在這附近，因為他告訴我他剛買了一架水上飛機，想在明天早上試飛。

「Old sport，你願意跟我一起去嗎？就在海灣沿著岸邊繞繞。」

（編註：old sport雖可簡譯成「老兄」、「夥伴」或「吾友」，但為表現蓋茲比想突顯自己曾待過牛津，卻又與上流社會格格不入的性格，全書保留原文。）

「什麼時候？」

「看你方便。」

我正要問他名字——這時喬丹轉過身來，對我笑笑。

「現在玩得開心了吧？」她問道。

「開心多了。」我轉頭向我剛認識的朋友說：「這場宴會對我來說很特別，我甚至還沒見到主人，我住在那邊──」我朝遠方看不見的籬笆指了指。「主人蓋茲比先生派司機送來一張請帖。」

那一瞬間，他的表情像是在說他不明白我的意思。

「我就是蓋茲比。」他突然說。

「什麼！」我喊道：「哎呀，失敬失敬。」

「我以為我們正式見過面了，old sport。我這個當主人的還真失職。」

他回報我善解人意的一笑──這一笑不僅僅是善解人意那麼簡單，而是一種非常罕見的微笑，人一輩子也許只能遇上那麼四、五次。這樣的微笑能讓你放一百顆心。他面對你的那一剎那，就像面對著永恆的世界，並把他的全部都傾注到你身上，對你表現出不可抗拒的偏愛。他瞭解你，恰好到你希望被瞭解的程度；他相信你，正好到你願意被相信的程度；他讓你放心，你留給他的印象永遠都是你狀態最好時留給人的印象。下一瞬間，他的笑容消失後，我眼前這個人馬上就變回一位舉止優雅的年輕男子，大約三十一、二歲，說起話來文謅謅，甚至近乎滑稽做作。接著他準備自我介紹，我有一種強烈的感覺，覺得他正在心裡精挑細選自我介紹的措詞。

正當蓋茲比要介紹自己的時候，管家匆匆向他跑來，告訴他芝加哥那邊有人來電。他逐一向我們微微鞠躬道歉後才離開。

「有什麼需要的話儘管開口，old sport。」他懇切地對我說：「抱歉，我稍後再過來。」

他一走，我馬上轉向喬丹——等不及想讓她明白我的驚訝，我以為蓋茲比是一個油光滿面、身材發福的中年人。

「他是什麼人？」我問道：「你知道嗎？」

「他就是一個叫蓋茲比的男人。」

「我是說，他從哪裡來的？他在做什麼？」

「怎麼現在你也研究起這個問題了？」她露出厭倦的微笑。「嗯，有一次他告訴我他是牛津大學的。」

在我心中，蓋茲比身後開始出現一個模糊的背景，但她一說話這景象就又消失了。

「不過，我不相信。」

「為什麼？」

「我不知道，」她堅持道：「我就是不相信他念過牛津。」

她的語調讓我想起早先那個女孩說的「我覺得他殺過人」，這兩種說法都觸動了我的好奇心。說蓋茲比是從路易斯安那州沼澤地區來的，或是從紐約東城南區來的，我都相信，沒有問題，那是可以理解的。但是，一個年輕人不可能——至少從我這個沒見過世面的人看來，不可能突然冒出來，在長島海灣買下一棟宮殿式的豪宅。

「不管怎麼說，人家能舉辦大宴會呢！」喬丹說。她就像城裡來的那些人，不在意這些小細節。「我喜歡大宴會。大宴會很舒服，小宴會沒什麼私人空間。」

銅鼓轟隆隆地敲響，樂團指揮突然大喊一聲，花園裡嘈雜的人聲全被蓋了過去。

「女士們、先生們，」他大聲喊道：「應蓋茲比先生的要求，我們將為各位演奏弗拉迪米爾．托斯托夫的最新作品。今年五月，這個作品在卡內基音樂廳引起極大的關注。各位如果看了報紙，就知道這個作品曾轟動一時。」他歡快而居高臨下地微笑著，重複道：「轟動一時呀！」引得大家笑了起來。

「這首曲子，」他最後用洪亮的聲音說：「名為《爵士音樂世界史》。」

我沒有認真聽托斯托夫這首樂曲究竟如何，因為演奏一開始，我就發現蓋茲比獨自站在大理石臺階上，贊許的目光從一群人移到另一群人身上。他黝黑的皮膚極有魅力地繃在臉上，他的短髮像每天都細心修整過。我從他身上看不出任何縱情邪念的跡象。我心想，是不是因為他不喝酒，才跟客人們有所隔閡。因為在我看來，眾人越是縱情享樂，他就越加莊重。《爵士音樂世界史》演奏完畢，有的女孩像小狗一樣幸福洋溢地靠在男人肩膀上，有的女孩開玩笑地向後暈倒在男人懷裡，甚至倒入人群之中，知道有人會將她們接住——但是卻沒有人倒在蓋茲比懷裡，也沒有任何一頂法式短髮碰到蓋茲比的肩膀，更沒有四人一組的合聲團邀請蓋茲比加入。

「打擾一下。」

蓋茲比的管家突然出現在我們身旁。

「貝克小姐？」他問道：「抱歉，蓋茲比先生想跟你單獨聊聊。」

「跟我？」她驚訝地喊道。

「是的，小姐。」

她慢慢站起身，揚起眉毛，驚訝地看了看我，便跟著管家一起進屋裡去了。我注意到她今晚穿的是晚禮服，但她無論穿任何衣服都像穿運動服一般，步伐活潑輕盈，彷彿她是在空氣清新的晨間高爾夫球場學會走路似的。

我一個人落單，快淩晨兩點了。有好一陣子，從陽臺上一間長形、有很多扇窗戶的房裡傳來令人困惑好奇的聲音。那位男大學生喬治現在正和兩位合聲女孩聊助產術，他想邀請我加入，但我逃開了，走進屋裡去。

屋裡人很多。其中一位黃衣女孩彈著鋼琴，鋼琴旁站著一位高䠷、紅髮的年輕女士，正在演唱。她來自一個相當有名的合唱團，喝了不少香檳，不合時宜地把歌唱得像在哭訴世事悲涼一般——她不僅歌唱，還邊哭泣，一有停頓，就馬上用心碎的抽泣聲來填補，接著再用顫抖的女高音繼續唱下去。淚水從她臉頰滑下——但滑得並不順暢，因為淚水一碰到濃濃的睫毛就成了墨水色，化成幾條黑色小河慢慢往下淌。有人開玩笑，建議她把臉上的音符唱出來，她聽了這話之後兩手一甩，重重地坐到椅子上，醉醺醺地呼呼大睡起來。

「她跟一個自稱是她先生的人打了一架。」我身旁一個女孩說。

我環視四周，剩下的女人，大部分都在跟自稱是她們先生的人吵架。即使是原先喬丹那一桌人，東卵鎮那四位，也因為意見不合分散了。其中一位男士正饒有興致地和一位年輕女演員交談，他的妻子起初試圖替他留點尊嚴，假裝沒事，對此一笑置之。後來不滿之情暴發，便採取側面攻擊——在他們談話的間隙不時突然出現在他身邊，像一條毒蛇般對著他的耳朵發出嘶嘶的聲音說：「你答應過的！」

不想回家的不只任性放縱的男人。現在，大廳裡就有兩位清醒的可悲男人，還有他們怒氣衝天的妻子。兩位妻子提高嗓門，大聲地互相表示同情。

「每次看我玩得正高興，他就說要回家。」

「這輩子從沒聽過這麼自私的事！」

「我們每次都是最早走的人。」

「我們也是！」

「今晚幾乎是最晚走的了，」其中一個男人怯生生地說：「樂團半個小時前就撤了。」

儘管妻子們一致認為這種用心險惡的話離譜至極，這場爭吵還是在短暫的掙扎中結束了。兩個人都被抱了起來，雙腳亂踢，消失在夜色之中。

我在大廳裡等著傭人取回我的帽子，圖書室的門忽然打開，喬丹和蓋茲比一起走了出來，他最後又跟她說了幾句。後來，幾個人上前向蓋茲比道別，他臉上熱切的表情又變得正經起來。

和喬丹一起來的那群人在門廊外不耐煩地喊她，但她還是停下來跟我握手道別。

「我剛聽到今晚最不可思議的事，」她小聲地說，問道：「我在裡面待了多久？」

「大概一個小時，怎麼了？」

「這……就很不可思議。」她出神地反覆說：「我才剛發誓不告訴別人，現在就來吊你胃口了。」她對著我優雅地打了個哈欠。「請來看我……電話簿……西格尼．霍華德太太名下……我的姑媽……」她邊說邊匆匆離去——愉快地揮一揮她打高爾夫球曬黑的手，沒入門口那群人之中。

第一次來就留到這麼晚，我覺得很不好意思，便擠進圍繞在蓋茲比身旁的最後一群客人裡。我向他解釋，早些時候我一直在找他，還想為我在花園裡不知道眼前就是他當面道歉。

「沒關係。」他懇切地勸我：「別多想，old sport。」這個稱呼很親切，那讓我放心、輕輕拍著我肩膀的手也同樣親切。「別忘了，明天早上九點，我們要一起坐水上飛機上天呢！」

這時，在他身後的管家說：「費城有人來電，先生。」

「好的，馬上。告訴他們我這就來……晚安。」

「晚安。」

「晚安。」他微笑著——突然間，待到最後才走，似乎成了一件讓人愉快且十分有意義的事，似乎他也一直這麼希望。「晚安，old sport……晚安。」

當我走下臺階時，我才發現這場晚宴還沒有真正結束。離大門五十英呎的地方，十幾個車前燈照亮了一個怪異而哄鬧的場面。一輛嶄新小轎車的右側朝上，橫躺在路旁的水溝裡，其中一個輪胎被猛烈地撞掉了。這輛車開離蓋茲比家還不到兩分鐘。把輪胎撞掉的是牆上突起的尖塊，五、六個好奇的司機正在關心這個問題，但他們自己的車子擋住了路，後面的車已經按了很久的喇叭，一陣陣刺耳的噪音把原本已經混亂不堪的場面變得更讓人難以忍受。

「看！」他解釋道：「車子掉進溝裡去了。」

這情況讓他感到驚訝不已。我先聽出他不尋常的驚愕口氣，接著就認出了這個人——晚上我和喬丹在蓋茲比圖書室裡遇見的那位中年男子。

「什麼情況？」

他聳聳肩。

「機械的東西我一竅不通。」他說得很堅決。

「但這是怎麼發生的？你開車撞到牆上去嗎？」

「別問我！」戴貓頭鷹眼鏡的男人說著，極力撇清自己和這件事的關係。「我不太懂開車，幾乎一無所知。事情就這樣發生了，我只知道這些。」

「既然你不太懂開車，就不應該在晚上開車啊！」

「我連動都沒動，」他憤怒地解釋道：「我連動都沒動呢！」

旁邊的人露出驚愕的神情。

「你想自殺嗎？」

「幸好只是撞掉了輪胎！開得不好，還說你連動都沒動？」

「不是。」這名罪犯解釋道：「我沒開，車裡還有另一個人。」

這句話引起的震驚化成了人們「啊——啊——啊——」的聲音，這時小轎車的門慢慢打開，人群不由得地往後退，車門敞開，全部人都心驚膽顫地停了一會兒。然後，慢慢地，一個蒼白、搖晃的人出現了，他一腳跨出這輛半毀的車子，用那隻大舞鞋在地面試探了一下。

這個幽靈被後面車前燈的亮光照得睜不開眼，一陣陣不間斷的喇叭聲又吵得他糊里糊塗，他站在那裡搖晃一會兒，才認出戴貓頭鷹眼鏡的男人。

「怎麼了？」他平靜地問道：「沒油了嗎？」

「你自己看啊！」

人群中有一半的手指都指向那個掉出來的輪胎。他盯著輪胎看了看，接著往上瞧，好像這輪胎是從天上掉下來似的。

「掉出來了。」有人解釋道。

他點點頭。

「一開始我還不知道車停了呢！」

他停頓一下，深吸口氣，直起身子，用堅定的語氣問道：「誰能告訴我哪裡有加油站？」

至少有十幾個人跟他解釋說輪胎跟車子已經不在一起了。這些人的腦子還比他清醒一些。

「倒車！」過了一會兒，他建議道：「把車子正過來。」

「可是輪胎已經掉了！」

他猶豫了一下。

「試試也無妨啊！」

尖聲怪叫的喇叭聲到達頂點，我轉過身，穿過草坪回家。回頭看一眼，一輪明月正照在蓋茲比的豪宅上，這個夜晚跟以往一樣美好。依舊燈光璀璨的花園裡，已經聽不見歡聲笑語了，一股突如其來的空虛從窗戶和大門裡湧了出來，主人形單影隻地站在門廊上，揮手做出正式告別的姿態。

重讀我記下的這些文字，恐怕會給人這樣的印象：以為幾個星期前那三個晚上發生的事吸引了我全部的注意力。事實上，它們只不過是一整個繁忙夏天裡的幾件小事，再過一段時日，我對它們的關心就遠遠不及自己的私事了。

大多數的時間我都投入在工作中。每天早上，太陽將我的影子映照向西時，我沿著紐約南區摩天大樓間的白色間隙走到正誠信託公司上班。我和其他員工，以及年輕的債券推銷員混得很熟，在陰暗、擁擠的餐廳裡一起吃午餐，豬肉小香腸加上馬鈴薯泥，再配杯咖啡。我也和一個會計處的女孩好過一陣子，她住在澤西城。可是她哥哥不給我好臉色看，於是我趁她七月出去度假的時候，無聲無息地結束了這段關係。

我經常在耶魯俱樂部吃晚餐。不知道為什麼，這幾乎是我一天當中最灰暗的一件事。用完晚餐後，我會上樓去圖書館，認真學習投資和證券一個小時。通常附近會有幾個吵鬧的人，不過他們不會進來圖書館，所以這裡是個工作的好地方。念完書，如果天氣宜人，我就沿著麥迪遜大道散步，經過那家古老的默里山飯店，再走過33號街，最後抵達賓州車站。

我開始喜歡紐約了。喜歡夜晚那種活力四射、冒險的情調，喜歡川流不息的男男女女，和路上車水馬龍為應接不暇的雙眼所帶來的視覺享受。我喜歡走在第五大道上，從人群中挑出幾個風情萬種的女人，想像著幾分鐘後我便能走進她們的生活，跟著她們回到公寓，自己站在隱密的街角。

她們會回頭對我微笑，然後走進一扇門，消失在暖暖的黑暗之中。我偶爾也會在大都市撩人的黃昏時分感到一股難以排遣的寂寞，感到別人也有同樣的孤單。那些可憐的年輕小職員們，在櫥窗前徘徊、等待，然後一個人到餐廳解決晚餐。他們不知道自己正在虛度夜晚，虛度那些生命中最令人陶醉的時光。

每到晚上八點，四十幾號街那條陰暗的小路上，一整排計程車正發動引擎準備前往劇院，這時我的內心常感到一陣失落。計程車停下的時候，看見車裡的人依偎在一起，談話聲飄出車外，聽不見的笑話讓他們大笑起來，點燃的香菸在車裡升起一個個渾濁的煙圈。我幻想著自己也在匆匆趕往尋歡作樂的路上，分享著他們內心的喜悅，然後祝福他們。

我有好一陣子沒看到喬丹．貝克了，直到盛夏時節才找到她。起初，陪著她到處走晃有一種虛榮感，因為她是位高爾夫球冠軍球員，人人都知道她。但同時我也知道，自己並沒有真的愛上她。我有一種溫柔的好奇心，感覺她對這個世界擺出的那副厭倦而高傲的模樣，背後其實隱藏了什麼——大多數裝模作樣的姿態都隱藏了點什麼，儘管本意並非如此。有一天我發現了真相。那天，我們一起去沃維克參加一個家庭宴會，她不拉起車篷就把一輛借來的車子停在雨中，還為此撒了個謊。當時我就回想起來，那天在黛西家提到關於她的事，我一直忘了，那是在她參加的第一個重大高爾夫球錦標賽上發生的事。有人說，準決賽的時候她挪動了處在不利位置上的球，這事差點成為醜聞，不過後來平息了。球僮收回他的話，唯一的證人也表示他可能看錯了。不過，這件事和她的名字卻從此留在我的腦海中。

喬丹．貝克本能地避開聰明、敏銳的男人。現在我知道了，這是因為她覺得和那些不會想脫離常軌的乖馴男人相處比較安全，但她自己卻不誠實到無可救藥的地步。她不能忍受處於不利的位置，因為這樣的好勝心，我猜想她從很年輕就開始說謊，這樣一來，她才能一邊對世界保持冷酷、傲慢地微笑，一邊努力讓自己強大、跟上時代。

對我來說，這無所謂。女人不誠實，常人都不會去深究——我只是感到略微地遺憾，然後就把她拋到腦後去了。同一天的家庭宴會上，我們有過一次關於開車的談話。會聊到這個，是因為她開車從幾個工人身邊差點撞上去，所幸最後只蹭掉了工人上衣的一顆鈕釦。

「你車開得真爛，」我抗議道：「你要不就小心開，要不就根本不該開。」

「我很小心。」

「你不小心。」

「哎，反正別人小心就好。」她輕鬆地說。

「這跟你開車有什麼關係？」

「他們會避開我的，」她堅持道：「在雙方都不小心的情況下才會出車禍。」

「萬一你遇到一個跟你一樣不小心的人呢？」

「我希望我永遠不會遇到。」她回答道：「我討厭不小心的人，這就是為什麼我喜歡你。」

她被太陽照得瞇起來的灰色眼眸，直直地盯著前方，她刻意改變了我們之間的關係。有一瞬間，我以為自己愛上她了。幸好，我是個想事情慢吞吞的人，且滿心都是些不可逾越的道德規範，很快就對欲望踩了剎車。至少我知道，在想怎麼樣之前，我都得先和故鄉那段糾纏不清的感情了斷才行。直到那時，我還每個星期都寫信回去給故鄉那個女孩，並在信末署名「愛你的，尼克」，所以現在我唯一該想的是——那個女孩打網球時上唇冒出的點點汗珠。無論如何，我們之間確實有些沒有明說的默契，得將它巧妙地淡化掉，才能自由地和其他人發展新的關係。

每個人都認為自己或多或少有一項基本美德，而誠實就是我的美德。至少，我是少數我所認識的人當中，還算得上誠實的人。

4

星期天早上，當教堂的鐘聲在沿海的村鎮響起，世人帶著他們的女伴再度回到蓋茲比家，在他的草坪上縱情歡笑。

「他是個賣私酒的。」年輕的女士們一邊這麼說，一邊在他庭院裡擺設的雞尾酒和鮮花之間穿梭。「有一次他殺了個人，因為那人發現他是德國興登堡將軍的侄子，是魔鬼的親戚。親愛的，遞朵玫瑰給我，幫我在那個水晶杯裡再倒些酒，我要盡情地喝。」

我曾在一張火車時刻表的空白處列出那年夏天到過蓋茲比家的人名。如今那張時刻表已經破舊不堪，折疊處嚴重磨損，最上方印著：「本列車時刻表自一九二二年七月五日生效」。不過那些褪色的名字還是看得出來，相較於我前面的粗略描述，一一列出這些名字能給你們一個更清晰的印象。這些訪客當年無一不是受了蓋茲比的大方款待，而他們回報蓋茲比的方式很微妙——自始至終都對他一無所知。

先從東卵鎮來的說起，有切斯特．貝克夫婦、里奇夫婦，還有一個姓邦森的，我在耶魯的時候就認識他。還有韋伯斯特．西維特醫生，就是去年夏天在緬因州溺水淹死的那位。接著，還有霍賓夫婦和威利．伏爾泰夫婦，以及布雷克巴克一家人，他們總是自己一家人聚在角落裡，只要別人一靠近，他們就立刻像山羊一樣仰起鼻子，大臉朝天。還有伊士梅夫婦和克利斯蒂夫婦（或者應該說是胡柏．奧爾巴哈先生陪同克利斯蒂太太）。還有愛德格．畢佛，這人據說在一個冬日下午，頭髮一夕之間變得像棉花一般白，至今仍原因不明。

我記得，克萊倫斯．恩迪也是從東卵鎮來的。他只來過一次，穿著一件寬大的白色燈籠褲，在花園裡和一個叫艾蒂的無賴打了一架。從離長島更遠的地方來的，有基多夫婦和史雷德夫婦，喬治亞州的史東沃爾．傑克遜．亞伯拉姆夫婦，還有費士加德夫婦和史奈爾夫婦。史奈爾在他入獄前三天還來這裡參加宴會，當天他喝得爛醉，躺在鋪石車道上，尤利西斯．斯威特太太的車子就這樣從他右手上碾過去。丹塞斯夫婦也來了，還有年近七十的懷特貝特，以及莫里斯．弗林克和漢姆海德夫婦，此外，還有菸草進口商貝魯加先生和他隨身不可缺少的女伴們。

從西卵鎮來的有波爾夫婦、莫雷迪夫婦、西席爾．羅伯克和西席爾．肖恩，以及州議員顧利克和「卓越影片公司」的大股東牛頓．奧吉德、艾克豪斯、克萊德．科恩、唐．史華茲（小史華滋）和亞瑟．麥卡迪，這些人多多少少都跟電影界有關。還有凱特列普夫婦、班柏格斯夫婦和厄爾．墨爾東，就是後來勒死妻子的那個墨爾東的兄弟。投機房地產發財的達．方塔諾也來過這裡，還有愛德．李格羅夫婦和綽號「酒鬼」的詹姆斯．菲來特與德．瓊恩，以及厄尼斯特．利里——這些人是來賭錢的，只要看到菲來特漫步走進花園，就表示他已經輸光了。第二天，他會讓「聯合運輸公司」的股票跌漲一番，好把輸掉的錢再從中賺回來。

一位姓克里普斯普林格的男士經常在蓋茲比家出沒，且待的時間特別久，以至於大家乾脆稱呼他為「房客」——我猜他根本就沒有家。戲劇界來的人也不少，有葛斯．維茲、賀瑞斯．歐唐納文，以及萊斯特．梅爾、喬治．達克維德和法蘭西斯．布爾。同樣從紐約來的還有克羅姆夫婦、貝克西森夫婦、丹尼克爾夫婦、羅素．貝蒂、克雷根夫婦、凱利赫夫婦、杜瓦夫婦、史考利夫婦、貝爾契先生以及史默克夫婦，現在已經離婚的奎因，還有亨利．帕爾默多，就是後來在時代廣場車站跳地鐵自盡的那位。

每回班尼．麥克萊納亨出現的時候，身旁總會帶著四個女孩，而且每次來的女孩都不一樣，但她們實在長得太像，看起來都好像是來過的那幾個。我忘記她們的名字了——賈桂琳，我想應該有這個名字，不然就是康蘇拉，或是葛羅莉亞，或裘蒂，也有可能叫做瓊，她們的姓要不就是好聽的花朵名、月份名，要不就是令人肅然起敬的美國大資本家族的姓氏，如果被問起，她們也會點頭承認自己就是這些資本家的遠親。

除了這些人之外，我還記得佛斯蒂娜．歐布萊恩至少來過一次，還有貝達克家的姊妹和年輕的布魯爾，他的鼻子在戰爭中被槍打掉了。還有亞爾布魯克斯柏格先生和他的未婚妻海格小姐，以及亞迪塔．費茲彼得夫婦和曾經當過美國退伍軍人協會主席的裘威特先生，克勞蒂亞．席普小姐和一個傳聞其實是她司機的男伴，還有一位某某親王，我們都他叫公爵，就算我當時曾經聽過他的名字，現在也忘了。

所有這些人，那年夏天都來過蓋茲比家。

七月底的一個早上，九點，蓋茲比的豪華轎車沿著鋪石車道一路顛簸到我家門口，按下他那三音和弦的喇叭樂聲。雖然我去過他家宴會兩次，坐過他的水上飛機，並在他盛情的邀請下不時去他的海灘玩，但這還是他第一次過來找我。

「早安，old sport。今天和我一起共進午餐，我們一塊開車去吧！」

他精力旺盛地雙腳踩在車子的擋泥板上，努力維持著平衡，這種活躍的舉止是美國人特有的——我猜想那是因為多數美國人年輕時不太從事勞動，成年後變得無法正襟危坐，也有可能是跟美國人喜歡那種不重儀態、追求亢奮暴發性的運動有關。蓋茲比身上這種不安分的特質，常常會突然從他原本謹慎有禮的儀態中跑出來。他也常坐立不安，一刻也不停地用腳輕打拍子，或者將手不耐煩地握緊又張開。

他見我羨慕地看著他的車。

「很漂亮。Old sport，是吧？」他跳下來，好讓我看得更清楚。「你以前沒見過嗎？」

我當然見過，人人都見過。他這輛車是奶油般濃厚的黃色，鍍鎳的地方閃閃發光，車身特長，有好幾處突出的巧妙設計，有的是裝帽子、有的是放野餐盒，還有放修車工具箱。前後斜面擋風多層玻璃反射出十幾個太陽。我們坐進多層玻璃後的綠皮革內裝車裡，接著就往紐約出發。

過去的一個月，我跟蓋茲比有過五、六次談話，但是我失望地發現他能聊的話題很少。因此，對我來說，他已經不再是我最初以為的那種難以捉摸的重要人物。失去耀眼的光彩之後，他變成僅是我隔壁路旁一棟雄偉豪宅的屋主而已。

接下來，就開始了這次讓我不安的同行。我們還沒出西卵鎮，蓋茲比就開始吞吞吐吐，說著那些詞藻講究卻有頭沒尾的話，接著又不知所措地拍打起膝蓋上的深褐色西裝褲。

「喂，old sport，」他突然大聲問道：「你覺得我是個怎麼樣的人？」

他的問題讓我措手不及，我只好說些空泛的話來應付。

「好吧！我還是好好跟你說說我的來歷，」他打斷我說：「我不想讓你聽信別人謠傳的那些故事，然後誤解我。」

原來他都知道——那些在他家客廳裡為人們增添樂趣的流言蜚語。

「我要跟你說最真的話。」他突然舉起右手，就像在宣示：若有假話，就要接受上天的懲罰。「我出生在中西部一個有錢人家，家裡的人都過世了。我從小在美國長大，但是在牛津上大學，因為我家世世代代都在那裡接受教育，這是家族的傳統。」

他瞄了我一眼——我這才明白，喬丹・貝克為什麼會覺得他在說謊。「在牛津上大學」這句話他說得飛快，含糊帶過，還有些口齒不清，似乎這件事曾經困擾過他。我對這一點開始存疑之後，他的整套說詞也就站不住腳了。我一直在想，他究竟能有什麼不可告人的祕密。

「中西部的什麼地方？」我隨便詢問起。

「舊金山。」

「噢！」

「我家人都過世了，所以繼承了很多財產。」

他的聲音很肅穆，彷彿家族消亡的記憶直到現在還在折磨他似的。有一瞬間我懷疑他是不是在逗我，但我瞥了他一眼，發現並不是那麼回事。

「後來我就生活得像一個年輕的王侯一般，到巴黎、威尼斯、羅馬——歐洲各國的首都，到處收購珠寶，主要是紅寶石；到處打獵，獵的都是獅子、老虎這一類；畫點東西，主要是畫給自己看。然後試著忘記很久以前的那些悲傷往事。」

好不容易，我才讓自己忍住沒笑出來。他的說法太不可靠，臺詞編得毫無章法，這些話只能在我腦海裡形成這樣可笑的畫面：一個包著頭巾的「角色」，在巴黎郊外的布隆公園追著一隻老虎，而這個像填充玩意兒的角色不停地從身上的洞孔掉出內屑。

「後來，就碰上打仗了，old sport。這對我來說倒是個解脫，我想盡辦法赴死，不過我好像特別受到老天眷顧。戰爭剛開始的時候，我被任命為中尉。在阿貢森林戰役中，我率領一個機關槍營的殘餘部隊挺進最前線，有長達半英哩的距離我整個部隊都沒有受到掩護。我們苦戰兩天兩夜，一百三十名士兵和十六支機關槍，直到救援的步兵終於抵達時，他們在堆積如山的屍體中發現三個德國師的徽章。我因此被提拔為少校，每個盟國政府都頒給我一枚勳章——甚至還有蒙特尼格羅共和國，亞得里亞海上那個小小的蒙特尼格羅！」

「蒙特尼格羅！」他提高音量說著這個國名，然後微笑點頭致意。這個微笑就像在意味著他很瞭解蒙特尼格羅動亂的歷史，能感受該國人民抗戰的艱苦。這個微笑代表著他完全理解這個民族一連串的處境，明白蒙特尼格羅這個國家為什麼會熱烈地向他致敬。我的懷疑此刻已經被驚訝所取代，就像迅速翻閱了十幾本雜誌一般。

他把手伸進口袋，接著，一個綁著緞帶的金屬徽章落在我手心上。

「這就是蒙特尼格羅給我的那一枚勳章。」

讓我驚訝的是，這東西看起來很像真的。「丹尼祿勳章，」圓牌上刻著一圈銘文：「蒙特尼格羅國王，尼可拉斯．雷克斯。」

「翻過來看看。」

「傑．蓋茲比少校，」我唸出字樣：「英勇無雙。」

「我還有另一樣東西也常帶在身上，牛津時代的紀念，一張在三一學院拍的照片，我左邊那個人是唐卡斯特伯爵。」

照片上六個年輕人穿著運動夾克，在拱門下悠閒地站著，從拱門望出去可以看到許多尖塔。照片中的蓋茲比比現在更年輕一些，但也沒有年輕多少，手裡拿著一根板球棍。

這麼說，這一切都是真的了。我彷彿看見一張張虎皮在他的宮殿上威武飄揚；我彷彿看見他打開一箱紅寶石，用緋紅色的耀眼光芒治癒他那顆破碎而痛苦的心。

「我今天要請你幫個大忙，」他說，心滿意足地把紀念品放回口袋。「所以，我想應該先讓你知道一些關於我的事情，我不想讓你覺得我只是個不三不四、身世不明的傢伙。你知道，我常跟陌生人往來，為的就是想在這些無謂的晃蕩中，努力忘掉那件傷心事。」他猶豫了一下說：「你今天下午就會知道詳情。」

「午餐的時候？」

「不，是下午。我剛好知道你要約貝克小姐去喝茶。」

「意思是——你愛上貝克小姐了嗎？」

「不，old sport，不是的。好心的貝克小姐答應要幫我和你談談這件事。」

我一點兒都不知道「這件事」指的是什麼，我也沒有興趣，倒覺得有點厭煩。我約貝克小姐喝茶不是為了談論傑．蓋茲比先生。我敢肯定，他要請我幫忙的事情一定是個不切實際的幻想，有那麼一下子我後悔自己認識了他，覺得自己不該隨便踏上他那片人滿為患的草坪。

他也不再多說什麼。我們離紐約越近，他就越慎重起來。我們經過羅斯福港，瞥見一艘船身塗了一圈紅漆的鴛鴦輪船；我們又沿著一條貧民窟的石子路疾馳而去，兩旁並列著十九世紀初金光閃閃、現在已經褪色了的陰暗酒館，還是有人光顧。接著，灰燼之谷在我們兩旁伸展開來，我從車上望見威爾遜太太正在加油站的機器旁氣喘吁吁地替人加油。

車子的擋泥板如張開的雙翅，我們向前飛，為半個阿斯托利亞區帶來光明——只有半個。因為當我們繞行穿過高架橋底下的柱子時，一輛摩托車從後面發出我熟悉的「突——突——啪」的聲音，一個氣瘋了的警察正騎著車追上我們。

「等等，old sport。」蓋茲比說。我們慢了下來，他從錢包裡掏出一張白色的卡片，在警察眼前晃了晃。

「知道了，」警察認出他的卡片，並輕碰帽簷表示歉意。「下次就知道是您了。蓋茲比先生，請原諒我！」

「那是什麼？」我問道：「牛津的照片？」

「我幫過警察局長一次忙，他每年都會寄聖誕卡給我。」

大橋之上，陽光透過鋼架照得川流不息的車海閃閃發光；河的對岸，城市裡高樓聳立，但願這些白糖塊似的建築是用乾淨的錢蓋起來的。從皇后大橋看過去，這座城市就像是第一次出現在眼前一般，它的初次驚豔帶來了世上所有的神祕與美。

一輛裝載著遺體的靈車開過我們身旁，車裡堆滿鮮花，後面跟著兩輛拉上簾布的馬車，再之後，是幾輛搭載死者朋友的馬車。死者的朋友們朝外望著我們，他們有著東南歐人那種憂鬱的神情和薄薄的上唇。在他們悲傷地參加送葬車隊的這天還能同時看到蓋茲比的豪華轎車，我為他們感到欣慰。我們經過布萊克威爾島的時候，一輛大型轎車超越我們，司機是個白人，車裡坐了三個衣著時髦的黑人，兩男一女。他們對我們翻白眼，一副不服氣想要跟我們較量較量的樣子，我大笑了起來。

「現在我們過了這座橋，什麼事情都有可能發生，」我心想：「什麼事情都有可能……」

就連蓋茲比這樣的人物也會出現，不用大驚小怪。

炎熱的中午，我和蓋茲比相約在42號街一家地下餐廳共進午餐，店裡電扇開得很強。我打開門時刻意先眨了眨眼，讓方才街上刺眼的光芒散去，接著就在黑暗的房裡模糊地認出蓋茲比，他正和另一個人說話。

「卡羅威先生，這是我朋友沃爾夫山姆先生。」

一位個頭矮小、鼻子扁塌的猶太人抬起他的大腦袋打量我，他的鼻孔裡長著兩撮濃密的毛。又過了一會兒，我才在暗淡的光線裡看見他的一雙小眼睛。

「……所以我瞥了他一眼，」沃爾夫山姆先生說，熱切地跟我握了握手。「你說我做了什麼？」

「什麼？」我禮貌地問道。

不過，顯然他不是在對我說話，因為他鬆開我的手，用他那表情豐富的鼻子直衝著蓋茲比。

「我那筆錢給了凱茲波。我說：『好吧！凱茲波，叫他閉嘴，不然一分錢也不給他。』他馬上就閉嘴了。」

蓋茲比分別挽住我們倆的手臂，朝餐廳裡面走去。沃爾夫山姆先生只好吞下還想再多說的話，整個人彷彿開始夢遊一般。

「要來杯調酒威士忌嗎？」店裡的領班問道。

「這家餐廳不錯！」沃爾夫山姆先生說，朝著天花板壁畫上的長老會少女看。「不過我還是喜歡對面那家。」

「好，就來杯調酒威士忌。」蓋茲比同意道，接著對沃爾夫山姆先生說：「那兒太熱了。」

「又熱又小——沒錯，」沃爾夫山姆先生說：「但充滿了回憶。」

「是哪家餐廳呢？」我問道。

「老大都會。」

「老大都會，」沃爾夫山姆先生憂鬱地沉思著。「那裡曾經聚集過多少已經消逝的面容，多少已經不在身邊的朋友。我一輩子都不會忘記他們開槍打死羅西．羅森塔爾的那個晚上。那天我們一桌六個人，羅西整個晚上都在大吃大喝。天快亮的時候，服務生表情怪異地走到他面前，說外面有人找他。『好吧！』羅西說，站起身來，我一把將他拉回椅子上，說：『羅西，如果那個混蛋要找你，就讓他進來，但千萬不要離開這間屋子。』」

「那時是早上四點，如果把窗簾拉開，就可以看到天光了。」

「結果他去了嗎？」我天真地問。

「他當然去了。」沃爾夫山姆先生的鼻子憤慨地朝我一擺。「他在門口的時候轉過身說：『別讓服務生把我的咖啡給撤了！』然後他走到人行道上，他們對著他的肚子開了三槍，接著立刻開車跑掉。」

「後來其中四個坐了電椅。」我想了起來。

「五個，還有貝克。」他鼻孔轉向我，一副興致上來的樣子。「我知道你在為做生意找關係。」

這兩句話接連著說把我嚇了一跳。蓋茲比搶先替我回答：

「噢，不是。」他說：「這不是那個人。」

「不是嗎？」沃爾夫山姆先生好像很失望。

「這只是個朋友，我跟你說過我們改天再談那件事。」

「噢，原諒我。」沃爾夫山姆先生說：「我搞錯人了。」

一盤鮮嫩多汁的烤肉丁端上來，此時沃爾夫山姆先生已經把老大都會那多愁善感的回憶拋到腦後，開始津津有味地大吃起來。邊吃他的眼睛還邊慢慢轉動，環視著餐廳——他轉身打量坐在我們背後的客人，完成一整圈的巡視。我想要不是我在場，他應該還會往我們桌子底下瞧上一眼。

「聽我說，old sport，」蓋茲比向我湊過來。「今天早上我在車裡說的話，恐怕惹你生氣了。」

他臉上又浮現出那種微笑，不過這一次對我無效。

「我不喜歡神祕兮兮的。」我答道：「我不明白你為什麼不能坦白告訴我你想要什麼，為什麼非得透過貝克小姐才能說？」

「噢，不是什麼見不得人的事。」他向我保證。「貝克小姐是位很好的運動員。你要知道，她從來不做不正當的事。」

他突然看向手上的錶，跳了起來，匆匆地離開餐廳，把我和沃爾夫山姆先生留在餐廳裡。

「他得去打個電話。」沃爾夫山姆先生說，目送著他離開。「真是個好人，對不對？長得又好看，簡直是個完美的紳士。」

「對。」

「他是個扭津人。」

「什麼？」

「他去過英國念扭津大學，你知道扭津大學吧？」

「算——聽過。」

「那是世界上最有名的大學之一。」

「你認識蓋茲比很久了嗎？」我問道。

「認識幾年了。」他感激地答道：「戰爭一結束我就認識他，跟他交談一個小時後，我就發現他是個很有教養的人。我對自己說：『這是一個你會想帶回家，介紹給你媽媽和姊姊的人。』」他停頓了一下說：「你在看我的袖釦。」

我本來沒有注意到他的袖釦，現在注意到了。袖釦是透亮的象牙白色，但材料看上去有種怪異的眼熟感。

「這是用最好的真人臼齒做的。」他告訴我。

「噢！」我打量著它們。「很有趣的點子。」

「是啊！」他把襯衣的袖口捲到大衣裡去。「蓋茲比對女人還是很有規矩的，朋友的妻子他從來不會多看一眼。」

被他充分信賴的話題主人這時回到桌旁坐下，沃爾夫山姆先生一口氣把眼前的咖啡喝完，站起身來。

「我吃完了，」他說：「我要走人了，再待下去可就不受歡迎了。」

「別急著走，梅爾。」蓋茲比不帶熱情地說，沃爾夫山姆先生高舉起手制止他。

「你們很客氣，但我是另一代人了。」他嚴肅地說：「你們繼續坐，聊聊你們的運動、你們的年輕女人、你們的——」他說完此話後面那個惹人遐想的名詞，再次招了招手。「我呢！我已經五十歲了，就不再煩你們了。」

他跟我們握握手，轉過身去。我注意到他那可憐的鼻子在顫動，不知道是不是我說了什麼冒犯到他的話。

「他有時會變得很情緒化，」蓋茲比解釋道：「今天就是他多愁善感的日子之一。他在紐約是個響噹噹的人物——百老匯的老主顧。」

「他是誰，演員嗎？」

「不是。」

「牙醫？」

「你問的是梅爾·沃爾夫山姆？當然不是，他是個賭徒。」蓋茲比猶豫了一下，冷靜地說：「他就是一九一九年操縱世界棒球聯賽比賽結果的那個人。」

「操縱世界棒球聯賽？」我重複道。

他的話讓我一驚。當然，我記得在一九一九年的時候，世界棒球聯賽被人非法操縱，可是即使我想過這件事，我也只覺得那是一件發生過的事，一連串事件導致的結果。我從來沒有想到一個人會愚弄五千萬人——像個竊賊一樣，憑一己之力撬開那個保險箱。

「他怎麼會幹出那種事？」過了一會兒我追問。

「他只是看到了機會。」

「那他為什麼沒有進監獄呢？」

「他們抓不到他，old sport。他是個聰明人。」

我堅持要自己付午餐錢。當服務生找零給我的時候，我看見湯姆·布坎南在客滿的餐廳另一頭。

「陪我過去一下，」我說：「我要跟人打個招呼。」

湯姆一看到我們就跳了起來，朝我們這個方向邁了五、六大步。

「你去哪了？」他熱切地問道：「你沒打電話來，黛西很生氣呢！」

「布坎南先生，這位是蓋茲比先生。」

他們輕率地握了握手，蓋茲比臉上浮現出一種緊張而罕見的尷尬神情。

「最近過得如何？」湯姆對我說：「你怎麼跑這麼遠來吃東西？」

「我跟蓋茲比先生一起來吃午餐。」

我轉過身看蓋茲比，但他已經不在那了。

一九一七年，十月的某一天——

（說話的是喬丹．貝克。那個下午，她在廣場酒店花園的茶廳裡，挺直身子坐在椅子上。）

——我正要從一個地方走去另一個，一隻腳走在人行道上，另一隻踩著草坪。我喜歡踩草坪，因為我穿了一雙英國鞋，鞋子下面有橡皮粒，會在軟軟的地面上印出痕跡。我還穿了一條新的蘇格蘭格子裙，風吹過來，裙子隨風輕輕揚起，所有房門前的紅、白、藍三色旗都被風拉得直直的，不情願地發出「嘖——嘖——嘖——」的聲音。

最大的幾面旗子和幾片草坪屬於黛西．費伊家。她只有十八歲，比我大兩歲，當時她是路易斯維爾的年輕女孩中最受歡迎的一個。她穿的是白色衣服，開的是一輛白色小跑車，電話一天到晚在她家裡響個不停，泰勒營那些興奮的年輕軍官都想得到單獨陪她一晚的榮幸。「無論如何，給我一個小時吧！」

那天早上，我走在她家對面，她那輛白色跑車就停在路邊，我看見她和一位軍官坐在車裡，這個人我從來沒有見過。他們聊得很投入，直到我走近她身旁五步遠的距離時，她才發現我。

「嗨！喬丹，」她出其不意地叫道：「過來這裡吧！」

她要和我說話，我感到很榮幸，因為在比我年紀大的女孩之中，我最崇拜的就是她。她問我是不是要去紅十字會做繃帶。我說是的。嗯，她說。（我是不是該告訴他們，她那天去不了了呢？）黛西說話的時候，那位軍官一直看著她，每個女孩都會希望別人用那樣的眼神看著自己。這一幕對我來說太浪漫了，我一直都記得。他的名字是傑．蓋茲比，從那之後，我有四年沒再見過他——甚至當我在長島看到他之後，我也沒有意識到他就是那位軍官。

那是一九一七年。第二年，我交了幾個男朋友，開始參加高爾夫球賽，所以也不常遇到黛西。跟她交往的是一群比我年紀稍大一點的人，如果她還有跟誰交往的話。關於她的流言漫天飛——他們說有一年冬天的晚上，她母親看到她在收拾行李，準備去紐約跟一位軍人道別，那位軍人要出國去打仗了。家裡的人硬是把她攔下，但她為了這件事幾個星期都沒跟家人說話，從那之後她也沒再跟那位軍人來往了。後來，跟她在一起的都是些城裡扁平足又近視的年輕小伙子，沒有資格加入軍隊的那種。

隔年秋天，她又活躍了起來，像以前一樣活躍。停戰之後，她首次參加社交宴會，據說她在二月的時候跟一個紐奧良的人訂了婚。六月，她和芝加哥的湯姆．布坎南結婚。婚禮的奢華隆重是路易斯維爾這個地方前所未見的，他為她一百多位客人包下四節從北方來的火車車廂，在摩爾巴赫酒店租下一整層客房，婚禮前一天，他還送她一串價值三十五萬美金的珍珠項鍊。

我是伴娘。在婚禮半個小時之前，我走進黛西房間，發現她躺在床上，穿著繡花洋裝，就像那個六月的夜晚一樣美好——她爛醉如泥，一手拿著白葡萄酒，一手拿著一封信。

「恭喜我，」她口齒不清地說：「我從來沒喝過酒，可是，噢！我真喜歡喝酒。」

「怎麼了，黛西？」

我跟你說，我真的嚇壞了，我從沒見過一個女孩這個樣子。

「給你，寶貝。」她從放在床上的廢紙簍裡摸了一會兒，掏出那串珍珠項鍊，說：「拿去樓下，是誰的就還給誰。告訴他們所有人，黛西改變主意了，就說：『黛西改變主意了！』」

她哭了起來——一直哭，哭個不停。我跑出去，找到她母親的女傭，我們一起把門鎖上，替她洗個冷水澡。她怎樣也不肯放開那封信，她把那封信帶進浴缸，捏成濕淋淋的一團，等她看到那團紙碎得像雪花一般，才肯讓我把它放到肥皂碟裡。

她不再多說什麼。我們讓她聞聞阿摩尼亞精油，把冰塊放在她前額上，哄著她把衣服穿好。半個小時後，我們陪她一起走出房間，珍珠項鍊也已經好好戴上，整件事情就算結束了。第二天五點她嫁給了湯姆．布坎南，情緒鎮定，兩人接著馬上往南太平洋出發，開始為期三個月的蜜月旅行。

他們回來之後，我在聖巴巴拉見過他們，我想我從來沒有見過一個女孩對自己先生那麼癡迷。只要他離開房間一會兒，她就馬上不安地四處張望，神情恍惚地問道：「湯姆去哪兒了？」直到她看著他走回房間。她會在沙灘坐上一個小時，讓他把頭枕在她大腿上，用手指輕輕撫摸他的眼睛，看著他，露出深不可測的笑容。看著他們倆，會讓你動容——讓你輕輕一笑，讓你入迷。那是八月的事了。我離開聖巴巴拉一週之後，湯姆在凡圖拉公路上和一輛貨車相撞，撞掉了他車子的前輪。跟他同車的女孩也一起上了報，因為她的手臂被撞斷了，是聖巴巴拉酒店裡的一個女服務生。

第二年四月，黛西生下他們的小女兒，他們去了法國一年。那年春天我在坎城遇見過他們，後來在多維爾也見過，之後他們就回到芝加哥住了。你知道，黛西在芝加哥很受歡迎。他們成天跟一群花天酒地的人來往，那些人年輕有錢又放蕩，但她的名聲卻始終很清白。可能是因為她不喝酒的緣故。跟一幫酒鬼混在一起，自己卻不喝酒，這可是很占便宜的。你可以少說些話，或者偶爾搞點小動作也無妨，反正別人都醉了，他們看不見也就不會在意。也或許黛西原本就不會搞出什麼出軌的事情——但她的聲音裡總有些讓人感到不尋常的地方……

就這樣，大概到了六個星期之前，我多年來頭一次聽到蓋茲比這個名字。就是上次我問你，你還記得嗎？我問你知不知道西卵鎮的蓋茲比。你回家之後，她到我房間把我叫醒，問道：「哪個蓋茲比？」我當時迷迷糊糊的，等我描述完，她用非常古怪的語氣說，這一定是她從前認識的那個男人。那時，我才把這個蓋茲比跟白色跑車裡那位軍官連結起來。

喬丹．貝克講完這些事時，我們已經離開廣場飯店半個小時，正坐著一輛復古四輪馬車穿越中央公園。太陽落在西城五十幾號街高大的公寓大樓後面，那是電影明星住的地方。孩子們像草地上的蟋蟀一般聚在一起，他們清脆的聲音隨著悶熱的暮色從地平線升起：

我是阿拉伯酋長，
你的愛屬於我。
當你在夜色中沉睡，
我會爬進你的帳篷——

「真是個奇怪的巧合。」我說。

「這根本不是巧合。」

「為什麼？」

「蓋茲比會買下那棟房子，就是因為黛西住在海灣的對面。」

這麼說，那個六月的夜晚，他所嚮往的不僅僅是天上的星星了。此刻，在我心中，蓋茲比就像突然從那座茫然的奢華中分娩出來，有了生命。

「他想知道，」喬丹繼續說下去：「你能不能找個下午，邀請黛西去你家，然後也讓他一起過去。」

這個請求多麼微不足道，我聽了為之震驚。他竟然等了五年，買下一棟豪宅，將星光灑給那些來往自在的飛蛾們，為的只是能和她在某個下午到一個陌生人的花園裡「坐一坐」。

「我只需要幫他這麼點小忙，有必要知道這麼多嗎？」

「他太害怕，他等太久了。他覺得你可能會介意。你要知道，他還是很執著的。」

我有點放不下心。

「為什麼他不讓你來安排這次的會面呢？」

「他想帶她看看他的房子，」她解釋道：「你家就在他隔壁。」

「噢！」

「我想他大概一直期待著某個晚上黛西會無意逛進他的晚宴，」喬丹繼續說：「但她從來沒有。於是他開始有意無意地問起別人知不知道她，而我是他問到第一個認識黛西的人。就在宴會上，他請人叫我過去的那晚，你真該聽聽他是怎麼費盡心思才轉入正題的。當然，我馬上就建議大家一起去城裡吃頓午餐，可是他卻好像瘋了似的說：『我並不想做什麼誇張的事！』他說：『我只是想在隔壁見見她。』」

「當我說你是湯姆的朋友時，他又馬上打消了主意。他對湯姆不怎麼瞭解，雖然他說他好幾年每天都會看一份芝加哥的報紙，為的就是能碰巧看到黛西的名字。」

天黑了，我們的馬車來到一座小橋底下，我伸出手臂摟住喬丹金黃色的肩膀，抱著她靠近我，邀請她一起共進晚餐。突然間，我想的不再是黛西和蓋茲比，而是這個乾淨、結實，對世上一切都抱持著懷疑態度的女孩，此時正洋洋得意地靠在我臂彎裡。有句話開始在我耳邊迷醉人心地激動回響：「這個世上只有被追求者和追求者，忙碌的人與疲倦的人。」

「黛西的生活裡應該多點別的東西。」喬丹嘟噥著說。

「她想見蓋茲比嗎？」

「這件事我們先別告訴她，蓋茲比不想讓她知道。你請她過去喝茶就行了。」

我們經過一排黑壓壓的樹木，59號街的建築上，有一束柔和的光線照進公園裡。我不像蓋茲比和湯姆．布坎南，我眼前不會出現哪個情人的面孔在黑暗的屋簷或耀眼的招牌上恍惚晃動，我將身邊這個女孩拉得更近，摟得更緊。她那蒼白而憤世嫉俗的小嘴微笑著，於是我將她拉得更近，貼近我的臉。

5

那天晚上我回到西卵鎮時，一瞬間還以為我的房子著火了。那時凌晨兩點，半島上每個角落都被照得一片通明，光亮照進灌木叢裡透露出一絲虛無，照在路旁的電線上拖映出一條條細長的光線。轉個彎，我看見蓋茲比的房子，從塔樓到地窖整個燈火通明。

起初我還以為又是另一場宴會，一次狂野的晚宴，所有房門都敞開著，好讓大家玩捉迷藏或玩「罐頭沙丁魚」的遊戲，但是卻沒有聽見任何聲響，只有樹叢裡的風聲。風吹動電線，電燈忽明忽暗，就像那棟房子正在對黑夜眨眼一般。載我回家的計程車「哼哼」地離開後，我看見蓋茲比穿過他家草坪向我走來。

「你家看上去像在辦世界博覽會似的。」我說。

「是嗎？」他轉過身看，心裡卻想著別的事情。「我剛才仔細地看了幾間房間。我們去康尼島吧！Old sport，開我的車去。」

「現在太晚了吧？」

「嗯……那我們一起下泳池如何？我整個夏天都還沒用過呢！」

「我得上床睡覺了。」

「那……好吧！」

他等待著，看著我，欲言又止，心裡非常急切的模樣。

「我跟貝克小姐談過了，」過了一會兒我說：「我明天就打電話給黛西，請她過來喝茶。」

「噢，沒關係。」他表現得挺不在意。「我不想給你添麻煩。」

「你哪一天方便？」

「你呢？你哪一天方便？」他馬上更正我這個問題的決定人。「我不想給你添麻煩，你知道我的意思。」

「後天怎麼樣？」

他想了一會兒，才勉強地開口說：「我想請人把草坪修整一下。」

我們同時低頭看了看草坪——我那亂糟糟的草地和他那片深綠色、整齊的草坪之間有一條明顯的界線。我想他指的是我的草坪。

「還有一件小事。」他不確定地說，猶豫了一下。

「你想再延後幾天嗎？」我問道。

「噢，不是這事。哎呀！我是想——」他笨拙地開了好幾個頭。「我是說，old sport，你賺的錢有限，是吧？」

「不是很多。」

我這個回答讓他放下心來，他更有把握地繼續說：

「如果你不介意——我是說，我除了本業之外也做點小生意，可以算是副業。如果你沒有賺很多錢——你在賣債券，old sport，對吧？」

「我正在努力做。」

「嗯，那你會感興趣的。這不用花你很多時間，還可以賺到不少錢，正好也是件挺機密的事。」

現在想想，如果當時的情況不同，那次談話可能會成為我人生的轉捩點。可是，因為這個善意的企圖太過明顯，擺明了就是要答謝我幫他這個忙，所以當時我別無選擇，一口回絕他。

「我手上的工作很多，」我說：「我很感激你，但我真的沒有辦法再做更多工作了。」

「你不用跟沃爾夫山姆打交道的。」顯然他以為我是為了避開那次午餐時提到的那種「關係」，我向他保證這兩件事完全沒有關連。他又等了好一會兒，希望我能找個話題，但我想著別的事情，沒有心情多說，他只好不情願地回家了。

那天晚上我感覺輕飄飄的，也很開心，一進家門馬上就墜入了深深的沉睡之中，所以——我不知道蓋茲比最後有沒有去康尼島，也不知道當他的屋子燈火通明、照亮四方的時候，他花了多少個小時在「看看房間」。隔天早上，我從辦公室打電話給黛西，邀她過來喝茶。

「別帶上湯姆。」我警告她。

「什麼？」

「別帶湯姆來。」

「誰是『湯姆』？」她裝傻問道。

我們約好喝茶的那天下了傾盆大雨。十一點的時候，一個穿著雨衣的男人拿著一台除草機，敲敲我家前門，說蓋茲比先生派他來幫我修整草坪。這提醒了我一直忘記叫我的芬蘭女傭過來，於是我開車到西卵鎮，在濕淋淋、牆壁刷得亮白的巷子裡找她，順便買了些茶杯、檸檬和鮮花。

鮮花顯然是多買了。因為下午兩點的時候，從蓋茲比家送來整個花房的花，還帶上無數個插花用的瓶瓶罐罐。一個小時之後，有人提心吊膽地打開前門，是蓋茲比。他身穿一件白色法蘭絨西裝、銀色襯衫和金色領帶，匆匆忙忙地走進來。他的臉色很蒼白，眼睛下方還帶著因為睡眠不足生成的黑眼圈。

「一切都還好吧？」他一進門就問。

「草坪看起來很不錯，如果你是在說草坪的話。」

「什麼草坪？」他茫然地問。「噢，院子裡的草坪。」他朝窗外張望，不過從他的表情看來他什麼也沒看見。

「看起來很不錯。」他含糊地應付道：「有家報紙寫說四點的時候雨可能會停，應該是《紐約日報》。茶——茶啊什麼的都準備好了嗎？」

我帶他到放食物的房間，他對芬蘭女傭有點看不順眼。我們一起把從甜點店買回來的十二塊檸檬蛋糕全部仔細地察看了一遍。

「這個可以嗎？」我問道。

「當然，當然可以！它們很好！」接著他又不知所云地加了一句：

「……old sport。」

大概到了三點半的時候，雨勢漸漸轉小，成了潮濕的霧氣，不時還有幾滴雨水像露珠般在空中遊蕩。蓋茲比眼神空洞地看著一本克萊的《經濟學》，每當芬蘭女傭的腳步震動廚房地板時，他都會被嚇一跳，然後時不時朝模糊的窗外瞥上幾眼，好像外面有一連串看不見但讓人驚恐的事情正在發生。最後，他站起身來，用一種不確定的聲音告訴我，他要回家了。

「為什麼？」

「不會有人來了，太晚了！」他看了看手錶，好像別的地方還有什麼急事等著他去辦似的。「我不能在這裡等一整天。」

「你別傻了，還差兩分鐘才四點。」

他只好又痛苦地坐下，好像是我把他推倒似的。這時，外面傳來車子開進我家車道的聲音。我們兩人都跳了起來，我緊張地跑到外面院子去。

還沒長出花瓣的紫丁香樹滴著水，一輛大型敞篷車在樹下沿著車道開上來。頭戴一頂淺紫色的三角帽，黛西輕側著臉，神采奕奕、欣喜若狂地看著我。

「我最親愛的，你真的住在這裡嗎？」

她悠揚的嗓音在雨中聽了讓人心曠神怡。我的耳膜先跟著這個聲音的節奏起起落落，接著才去仔細聽她說話的內容。一綹潮濕的頭髮貼在她臉龐上，像用畫筆添上了一線藍色。我扶她下車的時候，發現她的手也被晶瑩的雨水給打濕了。

「你是愛上我了嗎？」她低聲在我耳邊說：「為什麼要我自己一個人來呢？」

「那是雷克蘭特古堡[9]的祕密。請你的司機走遠點，一個小時後再回來。」

「一個小時後再回來，弗迪。」她嚴肅地小聲說：「他的名字叫弗迪。」

「汽油味會影響他的鼻子嗎？」

「不會吧！」她天真地回答道：「為什麼要這麼問呢？」

我們走進屋裡，讓我驚訝的是客廳裡空無一人。

「噢，這倒有意思了。」我喊道。

9 出自《雷克蘭特古堡》，十八世紀恐怖小說。

「什麼事情有意思？」

接著她轉過頭，從門口傳來一陣謹慎有禮的敲門聲。我走過去把門打開，蓋茲比站在門口，臉色如死人般蒼白，兩手深深插入外套口袋裡，他站在一灘水中，神情淒慘地盯著我看。

他大步從我身旁跨過，走進前廳，雙手還插在大衣口袋裡。然後，他就像個絲線木偶人一般，慢慢轉身，走進了客廳。氣氛一點也不輕鬆，我意識到自己的心也在撲通撲通地跳，我把門關上，外面的雨越下越大了。

過了半分鐘，一點聲響都沒有。接著從客廳裡傳來一陣壓抑的低語和笑聲，我聽見黛西用一種清晰且不自然的聲音說：「再見到你，我真的非常——非常高興。」

又是一陣停頓。時間長得可怕。我在前廳沒事可做，也走進客廳。

蓋茲比雙手仍然插在口袋裡，身體斜靠在壁爐邊，神態拘謹地裝出一副完全放鬆、甚至百無聊賴的樣子。他的頭向後仰，一直仰到挨上壁爐上那座報廢的大鐘鐘面。他思緒狂亂的雙眼從這個角度盯著黛西，黛西坐在一張椅子的邊上，像是受到了驚嚇，但依然保持著優雅的姿態。

「我們以前認識。」蓋茲比含糊地說。他的眼神不時向我飄來，他張開嘴想笑，卻沒有笑出來。就在這個尷尬的時刻，那座鐘因為禁不起他後腦勺的重壓，傾向一邊搖搖欲墜，他轉過身用顫抖的手將它扶好，扶回原位，然後直挺挺地坐下，手肘撐在沙發邊上，一手托著臉頰。

「對不起，碰到那個鐘了。」他說。

我的臉因為他這句話漲得通紅，連一句客套話也說不出來。

「是個老鐘。」我傻傻地對他們說。

我想我們所有人有一會兒都認定那個鐘已經在地上摔得粉碎了。

「我們有好幾年沒見面了。」黛西說，她的聲音盡可能想表現出一副在話家常的樣子。

「到十一月就五年了。」

蓋茲比回答得太快，讓我們至少又陷入了一分鐘的沉默。在這樣的僵局下，我不得已只好提議讓他們倆一起到廚房幫我泡茶。他們站起身來，就在這時，那個可怕的芬蘭女傭端著托盤送茶過來。

在喝茶、吃蛋糕這一連串讓人放鬆的忙亂之中，慢慢形成了一股實實在在的友好氣氛。我和黛西談話的時候，蓋茲比會躲到一邊去，仔細地、用他那緊張而憂傷的眼神看看我，又看看她。然而，今天這場會面並非是為了讓大家平平靜靜一下午，所以我逮到一個機會藉口要走，站起身來。

「你要去哪裡？」蓋茲比馬上警覺地問我。

「我馬上就回來。」

「你走之前我還有事情要跟你說。」

他大步跟著我走到廚房，關上門，小聲地說：「噢，上帝！」一副痛苦的樣子。

「怎麼了？」

「這是個可怕的錯誤，」他搖著頭說：「可怕至極的錯誤。」

「你只是不好意思，就這樣而已。」還好我又加了一句：「黛西也不好意思。」

「黛西不好意思嗎？」他懷疑地重複我的話。

「跟你一樣。」

「不要那麼大聲。」

「你怎麼像個小孩子似的，」我不耐煩地脫口而出：「不只這樣，你還很不禮貌。你現在正讓黛西一個人坐在客廳裡呢！」

他舉起手示意我不要再說下去，用一種讓人忘不了的責備眼神看著我，小心地打開門，回到客廳去。

我從後門離開。半個小時前，緊張的蓋茲比也是從這裡出去的，他繞著屋子跑了一圈才敲門進去。我奔向一棵樹節漆黑的大樹，它茂密的葉子織成一塊遮雨篷。雨下得更大了，我那片不像樣的草地早上才讓蓋茲比的園丁修得平平整整，現在又到處都是小泥窪地和看似年代久遠的沼澤。我站在樹下沒什麼可看，只有蓋茲比那棟巨大的宅邸，於是我注視了它半個小時，就像康德注視著他教堂的塔尖一樣。這棟房子是個釀酒商在十年前「復古熱」初期建造的，有個謠傳說，他曾希望這一帶全部住戶都在屋頂上鋪草，只要他們做到，他願意替附近所有村舍付上五年的稅金。或許是被住戶拒絕，讓他「創建家業」的計畫受到致命的打擊，他的事業很快就衰落了。他的孩子們賣掉這棟房子時，喪葬的花圈還掛在門上。美國人，雖然有意願、甚至渴望去當奴隸，但他們始終堅決不做農活。

半個小時後，太陽又出來了，雜貨店的貨車沿著蓋茲比家的車道拐彎，替傭人們送來晚餐的食材——我保證蓋茲比一口也吃不下。一個女傭陸續打開樓上的窗戶，她在每一扇窗前都現身一會兒，最後從正中間的大窗探出身來，若有所思地朝花園裡啐了一口。我差不多該回屋裡去了。剛才那陣淅淅瀝瀝的雨聲就像他們竊竊私語的交談聲，不時隨著感情的迸發而音調上揚，語氣稍稍高昂，但現在又寂靜下來，我感覺整棟房子都靜下來了。

我走回屋裡。雖然我盡可能地在廚房裡製造出各種聲響，甚至差點打翻爐子，但他們倆好像都沒有聽見。他們坐在沙發的兩端，看著彼此，好像誰問了什麼問題，或者有什麼事情沒有解決似的——但兩人間的尷尬此時已經消失。黛西滿面淚水，當我走進客廳的時候，她跳了起來，開始對著鏡子用手帕把眼淚擦乾。而蓋茲比的改變則讓人困惑，他容光煥發，雖然沒有任何言語或動作表現出他內心的狂喜，卻有一種新的幸福感從他身上散發開來，充滿了整個房間。

「哦，old sport，你好啊！」他彷彿好幾年沒見到我一樣。有一會兒我還以為他要特地過來和我握手。

「雨停了。」

「是嗎？」等他反應過來我在說什麼，又看到屋外閃耀著陽光時，他馬上變身成一個天氣預報員，一個狂喜的陽光守護者，向黛西報告著這條好消息：「你聽聽，雨停了。」

「傑，我好高興。」她用充滿哀痛和悲戚之美的嗓音吐露這個讓人意外的喜悅。

「我想邀請你和黛西到我家去，」他說：「我想帶她走一走。」

「你確定也要讓我一起去嗎？」

「當然了，old sport。」

黛西上樓洗臉——我這時才想起我那條見不得人的毛巾，不過為時已晚，我和蓋茲比已經站在草坪上等她了。

「我那房子看上去不錯吧？」他問道：「你看看，一整個正面都照得到陽光。」

我表示同意，告訴他房子美極了。

「沒錯。」他的目光正仔細地巡視著每一扇拱門、每一座方塔。「我只花三年就賺到了買下這棟房子的錢。」

「我以為你的錢是繼承來的。」

「沒錯！Old sport，」他急忙脫口而出：「但我在經濟大蕭條的時候損失了一大半，就是戰後那段恐慌時期。」

我想他已經不太知道自己在說什麼了，因為當我問起他是在做什麼生意時，他說：「這是我個人的事。」後來他才意識到這個回答不大得體。

「噢，我做過好幾種生意。」他改口說：「一開始做藥材生意，後來做石油生意。現在這兩項都不做了。」他看著我，更加警覺了一些。「你是在考慮我那天晚上的提議嗎？」

我還沒回答，黛西就從房裡走了出來，她衣服上兩排銅釦在太陽光下閃爍著金光。

「是那邊那棟大房子嗎？」黛西指著蓋茲比家的方向，喊了出來。

「你喜歡嗎？」

「我愛極了！可是——我不明白，你怎麼能一個人住那麼大的房子？」

「我找來滿屋子的人，日日夜夜都是如此。一些很有意思的人，他們都是些有名的人。」

我們沒有抄近路沿著海邊過去蓋茲比家，反而繞到大馬路上，從雄偉的後門進去。黛西用她迷人的低語讚賞著高聳直達雲際的中世紀建築外觀，讚賞著花園，讚賞著黃色水仙花沁人心脾的香味、山楂花和李子花泡沫般的清香，還有淡金色的金銀花。我們走到大理石臺階前，沒有穿著鮮豔服裝的人們在門口進進出出，也沒有鳥兒在樹上歌唱，這種罕見的時刻感覺還挺奇妙的。

到了屋裡，我們漫步穿過瑪麗．安東莞內特[10]式的音樂廳和王室復辟時期式樣的小客廳。我總覺得賓客們也許就躲在那些沙發或桌子後面，似乎有人下令要他們藏好、不能出聲，等著我們走過去。蓋茲比關上「莫頓學院圖書室」的門時，我發誓我一定有聽見那個戴貓頭鷹眼鏡的男人頓時暴發出一陣鬼魂似的笑聲。

我們上樓，穿過一間間鋪滿玫瑰色和淡紫色綢緞的復古臥房，房裡擺滿了剛插上的鮮花。我們穿過更衣室、撞球室和配有地下浴池的浴室。我們闖進其中一間房間，有個穿著一身亂糟糟睡衣的人正在地板上做運動，那是克里普斯普林格先生，那位「房客」。那天早上我還看見他如饑似渴地在海灘邊徘徊。最後我們走進了蓋茲比自己的套房，一間連帶浴室的臥房，還有書房，我們在裡頭坐下，喝著他從壁櫥裡拿出來的夏多斯利口酒。

他的目光一刻也沒有離開過黛西。我心想，他一定正在根據那雙讓人

10 法國國王路易十六的王后。

愛慕的眼睛所反射出的情感，重新估算屋裡每一樣擺設的價值。偶爾他也會神情恍惚地環視起自己的財物，彷彿有黛西這個真真確確、卻有如夢境一般的人站在身旁，就一切都不再真實了。有次他還差點在走樓梯時滾下樓去。

他的臥房是所有房間裡最簡潔的——只在化妝臺上裝飾了一套純金的梳妝用具。黛西愉悅地拿起梳子，梳了梳頭，蓋茲比在一旁坐下，遮住雙眼大笑了起來。

「這真是最有意思的事了，old sport。」他大笑著說：「我不能——但我無法不去想——」

從表面上看來，他已經度過了兩個階段，現在正進入第三個。在害羞不安和失去理智的喜悅之後，他現在彷彿就要被她現身此地的這個奇蹟融化掉了。他希望她在這裡的念頭已經想太久了，他夢寐以求，咬緊牙關，全心等待，濃烈的情感深到常人無法理解的地步。現在，反而因為緊繃太久後的反作用力，他變得像個發條上得太緊而錯亂擺動的時鐘。

過了一會兒，他讓自己稍稍平靜之後，為我們打開兩個大型私人衣櫥，裡面擺滿了他的西裝、晚宴裝和領帶，還有摺疊整齊得像磚塊一樣堆得有一打高的襯衫。

「我在英國請了個人專門為我添購衣服。春秋兩季一到，他都會挑些衣服寄來給我。」

他拿出一疊襯衫，開始一件一件地放到我們面前，薄麻布襯衫、厚綢襯衫、法蘭絨襯衫。他將衣服抖散開來，五顏六色鋪滿一桌子。我們一邊欣賞，他又拿出更多件，那些柔軟而貴重的襯衫堆得更高了——條紋的、花紋的、方格的，珊瑚色的、蘋果綠的、淺紫色的、淡橘色的，還有繡著他名字字首的深藍色襯衫。突然，黛西發出哽咽的聲音，一頭埋進襯衫堆裡，嚎啕大哭起來。

「這些襯衫這麼美，」她抽泣著，襯衫堆將她的聲音悶在裡面。「我好傷心。我從來沒有見過這麼、這麼美的襯衫。」

看完房子之後，我們本來還要參觀院子、游泳池，還有水上飛機和盛夏的繁花，但是雨又開始在窗外下了起來，我們三人站成一排，眺望著水波蕩漾的海面。

「如果沒起霧的話，我們就能看見海灣對面你家的房子了，」蓋茲比說：「你們那兒的碼頭盡頭，總是有一盞通宵亮著的綠燈。」

黛西突然挽住他手臂，而他似乎還沉浸在剛才那句話中。或許是因為他突然想到，那盞綠燈的重大意義，此刻已經完全消失了。長長的距離曾經將他和黛西分開，相比起來，那盞綠燈離黛西那麼近，近得彷彿可以觸碰到她，就像星星離月亮那般近。可是現在，它不過只是一盞碼頭上的綠燈而已了。他為之著迷的事物又少了一樣。

我開始在屋裡隨意走動，在昏暗中仔細觀賞各式各樣朦朧的陳設。一張穿著遊艇裝的年長男士照片吸引了我，照片就掛在他書桌後面的牆上。

「這是誰？」

「那個嗎？那是丹．科迪先生，old sport。」

這個名字有點耳熟。

「他過世了。以前他是我最好的朋友。」

邊櫃上有一小張蓋茲比的照片，一樣穿著遊艇裝——蓋茲比昂起頭，一副高傲的樣子，看得出來大概是在他十八歲左右時拍的。

「我好喜歡這張！」黛西喊道：「這個龐巴杜[11]髮型。你從沒跟我說你梳過這種髮型，而且你還有艘遊艇！」

「看看這個，」蓋茲比急忙轉換話題：「這裡還有很多剪報，都是關於你的。」

他們站在一起仔細地看著那些剪報，我正想要求看看那些紅寶石，這時電話響了，蓋茲比拿起聽筒。

「對……嗯，我現在不方便……我現在不方便，old sport……我說的是一個小城……他一定知道小城指的是什麼……啊！如果他覺得底特律是個小城的話，那他對我們沒用……」

他掛了電話。

「快到這來啊！」黛西在窗邊喊道。

雨還在下，可是西邊的烏雲已經散開，海灣上空翻滾著粉色和金色的雲朵。

「看那個，」她輕聲說，過了一會兒又說：「我想摘一片粉色的雲朵，然後把你放在上面，推著雲朵到處走。」

那時我試著說要離開，但他們怎樣都不肯答應。也許有我在一旁能讓

---

11 十八世紀流行的髮型，特色是在前額上留一綹捲髮。

他們兩人「獨處」更有滿足感。

「我知道我們要做什麼了，」蓋茲比說：「我們請克里普斯普林格彈鋼琴。」

他邊喊著「艾文！」邊走出房間。幾分鐘後，蓋茲比帶回那個不好意思、沒什麼精神的年輕人，他臉上戴著粗框眼鏡，髮色金黃但稀鬆。不過現在他的穿著比較得體了，腳上穿著運動鞋，身上穿著褪色的帆布褲，還有一件「運動上衣」，不過領子是敞開的。

「我們打擾到你運動了嗎？」黛西禮貌地問。

「我在睡覺呢！」尷尬的克里普斯普林格先生大聲說：「我是說，我剛才在睡覺，但我起來——」

「克里普斯普林格很會彈鋼琴，」蓋茲比將他的話打斷道：「艾文，是吧？」

「我彈得不好，我彈得不——其實我已經很久沒彈了，我很久沒練——」

「我們下樓去。」蓋茲比再次打斷了他。他按下一個開關，灰暗的窗戶頓時消失，滿屋子閃耀著亮光。

我們到音樂廳裡，蓋茲比打開鋼琴旁一盞孤燈，用一根顫抖的火柴替黛西點菸，然後和她一起坐在房間角落的沙發上。那裡沒有燈光，只有閃亮的地板從大廳裡反射出光芒。

當克里普斯普林格彈奏完《愛巢》之後，他從鋼琴椅上轉過身來，神情哀傷地在昏暗的屋子裡尋找蓋茲比。「我很久沒練習了。你看，我告訴過你我彈不了，我很久沒練——」

「別說那麼多，old sport，」蓋茲比要求道：「繼續彈吧！」

在早晨
在傍晚
我們快活歡笑——

屋外的風聲很大，沿著海灣隱約傳來陣陣雷聲。這時西卵鎮上所有的燈都亮了起來，電動火車滿載著乘客在雨中從紐約疾馳而來。此刻，人性正發生著深刻的變化，空氣中滿溢著激動之情。

有一件事千真萬確，
富人生財，窮人生——孩子。
在這同時，
在這之間——

當我向他們走去想說再見的時候，我再次看到那種為難的神情出現在蓋茲比臉上，彷彿他正懷疑著此刻這種幸福感的本質。快五年了——這個下午肯定有一些時刻，黛西沒有完全達到他夢想中的模樣。不過，這不是黛西的錯，這是因為他的幻想醞釀出過大的能量——已經完全超越了她這個人，超越了一切。他將生命中所有的激情都投入這場幻想之中，並不斷對它加以描繪，用飄來的每一根絢麗羽毛裝點它。畢竟，再熾熱的火焰、再亢奮的熱情，都比不上一個孤單男人多年積聚而出的情思。

我看著他，不難看出他正努力讓自己適應眼前這個事實。他的手挽住她的，當她在他耳旁低語的時候，他滿腔愛意地轉身面向她。我想，最讓他迷醉的應該是她的聲音，因為他的夢裡再怎樣也不會出現那麼好聽的聲音——如此起伏且帶有節奏，溫暖人心，就像世間一首永恆的歌曲。

他們倆這時已經完全把我給忘了。黛西抬頭看了我一眼，伸出她的手，而蓋茲比現在根本就不認識我了。我又看了他們一眼，他們也看了看我，思緒卻早已飄然遠走，被強烈的情感占據。於是我走出房間，走下大理石臺階，走進雨裡，留下他們兩人。

6

大概就是那一陣子，有天早上，一個野心勃勃的記者從紐約來到蓋茲比家門前，問他有沒有什麼想說的。

「有沒有想說哪件事？」蓋茲比禮貌地問。

「就是——有沒有什麼想聲明的。」

困惑了五分鐘後，蓋茲比才搞清楚事情的來由：這個人在辦公室裡聽見別人提起蓋茲比的名字。不過，是哪件事提到蓋茲比，他並不肯透露，也許是他自己也沒弄明白。今天他休假，便主動跑來「瞭解看看」。

這位記者只是想碰碰運氣，不過他的直覺是對的。蓋茲比當時已經惡名昭彰，上百位曾經接受過他熱情款待的客人到處謠傳他的事，對他的來歷表現得瞭若指掌一般。整個夏天，人們對蓋茲比的討論熱烈到只差沒有上報而已。當時各種傳說，比如「能通往加拿大的地下通道」，都會和他的名字扯上關係。還有一種說法也很盛行，說他的房子根本不是棟別墅，而是一艘房屋形式的船，經常悄悄地沿著長島來回游動。為什麼這些無中生有的謠言會讓來自北達科他州的詹姆斯．蓋茲感到滿足，這很難三言兩語就說清楚。

詹姆斯．蓋茲——這是他真正的，至少是法律上的名字。他十七歲時改名，這也是他一生事業的開端。當時，他看見丹．科迪的遊艇在蘇必略湖最險惡的一塊水面上拋錨——那天下午，詹姆斯．蓋茲還只是個穿著破舊綠毛線衫和帆布褲在沙灘上遊蕩的男孩——但是等他借到一艘小船，划到「托洛美號」旁通知丹．科迪半個小時內將有一場大風暴，警告丹．科迪趕快把遊艇開走。這個時候，他已經是傑．蓋茲比了。

在我看來，他老早就把名字給想好了，至少那個時候已經想好了。他的父母都是庸碌平凡的農人——在他的幻想中，他從不認為那是他父母。事實上，住在長島西卵鎮的這個傑．蓋茲比，是他自己以形而上的概念塑造出來的。他是上帝之子——這個字眼若有意義，他想表達的正是它字面上的意義——他必須遵行上帝所希望之事，務求一種博大、庸俗、虛華而不實的美。正因為如此，他虛構出一個蓋茲比，一個十七歲男孩所能虛構出的人物，並自始至終地忠於這個虛構人物的理念。

在那之前一年多的時間，他沿著蘇必略湖南岸奔波，撈蛤蜊、捕鮭魚，或者幹一些能賴以維生的工作。他曬得黝黑、身體越來越結實，日子過得時而緊張時而鬆懈，算得上是心神氣爽的生活。他很早就開始跟女人交往，但因為女人都寵愛他，他反而對這些女人帶有輕蔑之意。他輕視年輕的處女們，因為她們對一切一無所知；他也受不了其他女人，因為她們對他認為理所當然且熱衷的事物常常表現得大驚小怪。

而他的內心也持續處在激烈的騷動之中。每晚入睡時，各種詭異怪誕的念頭就開始糾纏他。當鬧鐘在洗臉槽上方滴答作響，當月光滋潤地映照在散落一地的衣物上時，一個無以名狀的絢麗世界便開始在他腦海中展現。每天晚上，他會為這些幻想多描繪上幾筆，直到睡意不知不覺地擁住這些畫面，闔上他用來想像的雙眼。有一陣子，這些幻景為他的想像力提供了宣洩的管道。這些幻想彷彿在安慰著他現實並不真實，他也因而得以相信——世界的基石是牢牢建立在童話故事中仙女的翅膀上的。

數個月前，他才為了追求未來的榮耀，前往明尼蘇達州南部路德教派的小聖奧拉夫學院就讀。他在那裡只待了兩週，因為他發現學院對他心中猛烈敲擊著的命運鼓聲並不關心，他感到沮喪，也受不了為了支付學費而去做打掃的工作。之後他四處遊蕩，又再次回到蘇必略湖。那天，正當他還在思考該找什麼工作的時候，丹·科迪的遊艇就在湖邊的淺灘拋錨了。

科迪那時五十歲，他曾經在內華達州挖銀礦，在加拿大育空地區淘金，一八七五年以來每一回的淘金熱他都有參與。在蒙大拿州挖銅礦這筆生意讓他賺了好幾百萬，但挖礦的工作卻只為他留下強壯的體格，腦子糊里糊塗的。許多女人察覺到這點，想方設法靠近他，好拐騙他的財產。有位女記者艾拉·凱抓住了他的弱點，把自己演得像法皇路易十四的寵妾曼特儂夫人，慫恿他搭上遊艇，外出航海，漂蕩了五年。這件事成為一九〇二年八卦小報最愛刊登的內容。他沿著不嫌棄他的海岸漂流多年之後，駛入「小女孩灣」，接著，命運就在前方等著他來成就詹姆斯·蓋茲的一生。

年輕的蓋茲倚在船槳上，抬頭看著被欄杆包圍的甲板，對他而言，這艘遊艇代表了世上所有的美感與榮耀。我猜想他當時對科迪笑了——也許他很清楚他微笑的時候特別討喜。不管怎樣，科迪問了他幾個問題（回答其中一個問題時，他首次啟用蓋茲比這個新名字），發現他聰明伶俐，頗具野心。幾天後，科迪帶他到德盧斯城，為他買一件藍色大衣、六條白色帆布褲和一頂遊艇帽。等托洛美號啟程前往西印度群島和巴巴里海岸時，蓋茲比也一起出發了。

他以一種不甚明確的私人雇員身分在科迪手下工作，他當過傭人、大副、船長、祕書，甚至獄卒。丹．科迪在腦子清醒的時候，知道自己是個酒醉後會揮金如土的人，為了防止這類意外發生，他越來越信賴蓋茲比。這個局面持續了五年之久，在這段期間，他們的船環繞了美洲大陸三圈。本來還可以持續下去的，然而有天晚上，艾拉．凱從波士頓上船，一個星期後，丹．科迪連生了什麼病都沒人知道，就死了。

我記起那張掛在蓋茲比臥房裡的照片，科迪頭髮灰白、膚色紅潤，長著一張堅毅但缺乏表情的臉，這是在沉湎酒色的拓荒者中最常見的面孔——正是他們，把郊外妓院和酒館裡的狂野文化帶到美國東部沿海地區來。蓋茲比很少喝酒，這要間接歸功於科迪。偶爾在歡鬧的宴會上，女人們會把香檳灑進他的頭髮裡嬉鬧，但他本身真的是滴酒不沾。

就是從科迪那裡，他繼承了一筆財產。科迪留給他兩萬五千美金，不過他並沒有拿到這些錢。他從沒搞懂那些讓他收不到遺產的法律是怎麼一回事，只知道那百萬財產剩下的部分全都歸給了艾拉．凱，而他獲得的是一份珍貴的教育。傑．蓋茲比從此不再是個模糊的虛構人物，這時，他已經是個有血有肉、真正的男人了。

他告訴我這一切已經是很後來的事。我把它寫下來，是想駁斥那些關於他祖先來歷的荒唐傳言，那些都只是空穴來風。還有，他是在一個我極度困惑的時期告訴我這些事的，當時我對他半信半疑、不信任他。我想，我就趁這個短暫的停頓，也是蓋茲比人生的另一個轉捩點，替他把整個誤會澄清一下，就當是讓蓋茲比喘口氣吧！

那時也是我和他往來的停頓期。有好幾個星期我都沒見到他，也沒接到他的電話。我大多數的時間都在紐約，和喬丹到處跑，努力討好她年邁的姑媽。不過，我還是在一個週日下午到蓋茲比家去了。我進門還不到兩分鐘，就有人帶著湯姆．布坎南來喝酒。當然，我很驚訝，不過更讓我驚訝的是，這竟是布坎南第一次來蓋茲比家。

他們一行三人騎馬而來——湯姆，和一個姓史隆的男士，還有一位穿著棕色女騎裝的漂亮女士，她以前來過。

「很高興看到你們，」蓋茲比站在門廊上說：「歡迎你們大駕光臨。」

認真得好像這些人真的會在乎似的！

「請坐，抽根菸或雪茄吧？」他在屋裡快速穿梭，按鈴叫傭人過來。

「我馬上就請人給你們拿點喝的來。」

他的心思因為湯姆大受影響。不過，也可能只是還沒把客人招呼好，他就渾身不安——他略略有種感覺，覺得這些人就是為了接受招待來的。但史隆先生卻什麼都不要。來杯檸檬水？不，謝謝。來點香檳？什麼都不用，謝謝……抱歉——

「你們一路騎過來還好吧？」

「這邊的道路很不錯。」

「我想那些車子就——」

「沒錯。」

突然，蓋茲比像被一股不可抵抗的衝動驅使，他轉向湯姆，對方此時還只當他是個初見面的陌生人。

「我相信我們以前在哪裡見過，布坎南先生。」

「啊！是啊！」湯姆用生硬的語氣禮貌答道，但他顯然已經不記得有這回事。「我們見過，我記得很清楚。」

「大概兩個星期前。」

「沒錯，那時你跟尼克在這裡——」

「我認識你妻子。」蓋茲比急切地繼續說下去。

「是嗎？」

湯姆轉向我。

「你住在這附近嗎？尼克。」

「隔壁。」

「是嗎？」

史隆先生沒有加入談話，態度傲慢地仰靠在椅子上。那位女士也沒有說話——直到，讓人意外地，在她喝下兩杯調酒威士忌之後，話明顯多了起來。

「不如我們一起來參加你辦的下一場宴會吧！蓋茲比先生，」她提議道：「你看怎麼樣？」

「當然，歡迎你們來參加。」

「很好。」史隆先生的聲音裡沒有絲毫感激之意。「嗯——那我們該回去了吧？」

「別急著走，」蓋茲比請求道，他現在可以控制住自己了，他還想多看湯姆幾眼。「你們——你們要不要留下來吃晚飯呢？說不定待會兒還會有人從紐約過來呢！」

「我看你們跟我一起去吃晚飯吧！」那位女士熱情地說：「你們兩個一起。」

這把我也算了進去，史隆先生站起身來。

「走吧！」他說，不過是對著她一個人說。

「我是說真的。」她堅持道：「你也去啊！反正位子很多。」

蓋茲比疑惑地看看我。他想去，但他不確定史隆先生會不會讓他去。

「我恐怕沒辦法去。」我說。

「嗯……那麼你來吧！」她把目標集中到蓋茲比身上，催促道。

史隆先生湊到她耳旁小聲說了些什麼。

「如果我們現在出發，就不會太晚！」她大聲堅持道。

「我沒有馬呢！」蓋茲比說：「我以前在軍隊裡騎過，但我從來沒有買過馬，我得開車跟著你們。請等我一分鐘。」

我們餘下的幾個人一起走到門廊，史隆先生和那位女士在一旁激烈地吵了起來。

「老天，我覺得那人真的要來，」湯姆說：「他不知道她不希望他來嗎？」

「她說她希望他去啊！」

「等等她要舉辦一個大晚宴，那裡的人他一個也不認識。」他皺了皺眉。「我就奇怪他在哪裡見過黛西。天曉得！也許你要說我太老派，但這年頭女人都愛到處亂跑，我很受不了她們到處去見些亂七八糟的人。」

這時，史隆先生和那位女士走下臺階，跨上了馬。

「走吧！」史隆先生對湯姆說：「我們快遲到了，得走了。」又轉頭對我說：「跟他說我們不能等他了，可以嗎？」

湯姆和我握握手，我向另外兩個人冷冷地點了點頭，他們騎著馬匆匆地在小道上跑了起來，消失在八月的樹蔭裡。這時拿著帽子和薄大衣的蓋茲比正好從門口出來。

湯姆顯然很在意黛西一個人到處亂跑這件事，接下來的週六晚上，他陪黛西一起來參加蓋茲比家的宴會。也許就因為他在場，那天晚上的宴會總有種不自在的壓抑感——於是，那天晚上和那個夏天的其他晚上清楚地區分開來，在我記憶裡留下了不可磨滅的印象。同樣的一批人，至少是同一類人，同樣源源不斷的香檳，同樣五花八門、七嘴八舌的喧鬧，但我總感覺空氣中瀰漫著一股不愉快的氣氛，一種從來沒有過的不和諧旋律。也許我已經對這一切很習慣了，早就把西卵鎮看成是另一個獨立完整的世界，有它自己的標準和自己重要的人物，不需要和別人比，所以也自覺不亞於其他地區。如今我透過黛西的眼睛，重新審視西卵鎮這一切。透過一雙新的眼睛去評量你已經費力適應過來的事物，這種感覺還真不舒服。

他們在暮色低垂時抵達，我們漫步在閃著珠寶亮光的數百位來客之中時，黛西又開始用她的嗓音玩起低聲細語的遊戲。

「這些東西太讓我興奮了，」她細聲地說：「今天晚上不管什麼時候，只要你想吻我，尼克，你告訴我，我都很樂意為你安排。用我的名字就行了，或者出示一張綠色的卡片。我們要派發綠色的——」

「到處看看吧？」蓋茲比建議道。

「我正在到處看呢！我正在度過一個美妙的——」

「你一定能看到很多你聽說過的人。」

湯姆用高傲的眼神掃視著人群。

「我們不是經常到處走，」他說：「事實上，我剛才還在想，這裡的人我應該一個都不認識。」

「你或許認識那位女士。」蓋茲比指向一位美若天仙的女士，她正端坐在一棵白梅樹下。湯姆和黛西目不轉睛地盯著她看，一臉難以置信，因為他們認出這是位平常只出現在大銀幕上的大明星。

「她真漂亮。」黛西說。

「在一旁彎著腰的是她的導演。」

他領著他們向一群又一群客人鄭重介紹。

「布坎南夫人……布坎南先生——」他猶豫了一下，補充道：「馬球健將。」

「噢，不。」湯姆連忙否認道：「我不是。」

但蓋茲比顯然很喜歡這個稱呼，之後整個晚上，湯姆一直被介紹是「馬球健將」。

「我從沒見過這麼多名人。」黛西喊道：「我喜歡那個男人——他叫什麼名字來著？鼻子有點青的那個。」

蓋茲比把人名告訴她，補充說他是個小製片商。

「噢，但我還是喜歡他。」

「如果不叫我馬球健將，」湯姆愉快地說：「我會很樂意在這裡看著這些名人——在一旁看著。」

黛西和蓋茲比跳了舞。我記得他跳出優雅流暢的狐步舞時我很驚訝，因為我從沒見過蓋茲比跳舞。接著他們漫步到我家，在臺階上坐了半個小時，應黛西的要求，我待在花園一旁替他們盯著。「萬一失火了，或是洪水來了……」她解釋理由：「或者可能會發生天災！」

湯姆無聲無息地在我們坐下吃晚飯的時候現身。「你介意我跟那邊的人一起吃嗎？」他說：「有個傢伙很好玩。」

「去吧！」黛西快活地答道：「如果你想記下他們的地址，可以用我這枝金色小鋼筆。」不一會兒，她開始四處張望，跟我說有個女孩長得「很普通，不過挺好看」。這時我才看出來，除了和蓋茲比在一起的那半個小時，她在這裡並不開心。

我們一桌人喝得特別醉。這都是我的錯——蓋茲比被叫進去接電話，而我在兩個星期前還跟這群人玩得很開心，不過之前的一切這時都變得沒意思了。

「你現在覺得怎樣，蓓達克小姐？」

我說的這位女孩正慢慢地想倒到我肩膀上，但沒有成功。我這麼一問，她立刻坐起身，睜開眼睛。

「什麼？」

一位身材高大、醉醺醺的女人剛才還一直在勸黛西明天到當地一家俱樂部跟她打高爾夫球，現在馬上出聲替蓓達克小姐辯駁：「噢，她還好啦！她喝五、六杯雞尾酒之後經常會大喊大叫的，我就說她不應該喝酒。」

「那天我沒怎麼喝。」受指責的那個人不誠懇地說。

「騙人！我們聽見你的喊叫聲，我馬上跟西維特醫生說：『醫生，這裡有人需要幫忙！』」

「她很感激的，我肯定。」另一個朋友不怎麼感激地說：「但是你把她的頭按進游泳池裡時，她的洋裝被你弄濕了。」

「如果有什麼令我討厭的事，那就是有人把我的頭按進游泳池裡。」

蓓達克小姐嘟嘟噥噥地說：「有一次在紐澤西他們差點把我淹死。」

「那你就別再喝酒了。」西維特醫生反駁道。

「你自己先別喝再說吧！」蓓達克小姐大聲嚷嚷道：「你的手一直發抖，要我才不會讓你動手術呢！」

整個宴會就是這副德性。我記得的最後一件事，就是和黛西站在那裡，看著電影導演和他的大明星。他們還在那棵白梅樹下，兩人幾乎相貼的臉頰中透進一道慘白、暗淡的月光。我猜想他整個晚上都在慢慢地向她彎身，最終才能和她貼得那麼近。當我們望著他們的時候，他正彎下最後一小段距離，親吻了她的臉頰。

「我喜歡她，」黛西說：「她好漂亮。」

但其他一切都惹惱著她——而且還顯然不是在裝模作樣，那是她最真實的感受。她討厭西卵鎮，這個長島漁村被百老匯三教九流的人們改造成休閒「勝地」，她厭惡它沒有悠遠的傳統，卻又散發出庸俗的原始活力；厭惡它莽撞地引領當地原本一無所有的居民透過捷徑致富，但最後還是那麼貧乏。她看出這些簡單的現象裡有著某種她無法理解卻可怕的東西。

我陪湯姆和黛西坐在臺階上等車開過來。這裡很暗，只有透光的門口向幽暗中照射出十平方英呎的亮光。此時樓上的化妝間有個人影閃過，消失，接著又出現另一個人影——這些來來去去的賓客身影，正對著一面這裡看不到的鏡子塗脂抹粉。

「這個蓋茲比到底是誰呀？」湯姆突然問道：「一個賣私酒的？」

「你從哪裡聽來的？」我問。

「我不是聽來的，我是猜的。你知道，現在很多這種暴發戶都是賣私酒的。」

「蓋茲比不是。」我簡短地回答。

他沉默了一會兒。車道上的小石子在他腳下喀嚓作響。

「他一定費盡力氣才能弄來這樣一批有頭有臉的傢伙。」

一陣微風吹動黛西灰色的毛領子。

「至少這群人比我們認識的人有趣多了。」她說，語氣有些勉強。

「但我看你也不是很感興趣嘛！」

「哈，我很感興趣。」

湯姆笑了，轉向我。

「那個女孩要黛西幫她洗冷水澡的時候，你有沒有注意到黛西的臉？」

黛西開始跟著音樂的節奏用沙啞的低聲唱了起來，深情地為每一個詞唱出它從未有過、今後也不會再有的意義。當曲調升高時，她的嗓音也隨之發生美妙的變化，那是女中音的吟唱，每一點變化都在夜空中傾瀉出點點溫暖的人性魔力。

「這裡很多人都是不請自來的。」黛西突然說：「那個女孩就沒有受到邀請。他們都是直接闖進來，他又不好意思拒絕。」

「我想知道他是什麼人，幹什麼的。」湯姆堅定地說：「我一定能調查出來。」

「我現在就可以告訴你，」她答道：「他開了一些藥店，很多間藥店。他自己親手打造出來的。」

那輛磨磨蹭蹭的豪華轎車沿著車道開了過來。

「晚安，尼克。」黛西說。

她的目光離開我，沿著燈光照亮的臺階頂層看去，一首當年優雅傷感的小華爾滋舞曲《凌晨三點鐘》正從敞開的大門流瀉到臺階上。她知道，蓋茲比晚宴裡那隨性的情調中帶有一種浪漫，而這種浪漫正是她的世界所缺乏的。歌曲中似乎有什麼東西正在召喚她回去？在這迷濛且無法計數的時刻裡，究竟會發生什麼事呢？也許會有位讓人不可置信的賓客大駕光臨，一位世間罕見、讓人驚歎、散發著奪目光彩的佳人，只要她初看蓋茲比一眼，只要一剎那的神奇邂逅，就能將五年來那矢志不渝的愛情一筆勾銷。

那天我待到很晚，蓋茲比請我等他忙完，我一個人在花園散步，一直等到那批泳客不得不因為太冷而顫抖地從黑壓壓的海灘上岸，等到樓上客房的燈全都熄滅。當蓋茲比終於從臺階上走下來，他臉上曬得黝黑的皮膚比以往更加緊繃，他的雙眼明亮，卻帶著倦意。

「她不喜歡。」他立刻說。

「不，她當然喜歡。」

「她不喜歡，」他堅持道：「她玩得不開心。」

他不說話了，我心想他內心不知有多沮喪。

「我覺得離她很遠，」他說：「我很難讓她明白。」

「你說跳舞的時候？」

「跳舞？」他打了個響指，把跳舞這件事否認掉。「Old sport，跳舞不重要。」

他希望黛西做的事只有一樣，就是去跟湯姆說「我從來沒有愛過你」。等她說完這句話，就能把四年的婚姻徹底刪除，然後他們就可以決定接下來該採取哪些實際的做法。其中一件便是：等她自由之後，他們要回到路易斯維爾，在她老家結婚——就像五年前一樣。

「可是她不懂，」他說：「她以前明白的。我們可以一起坐上幾個小時——」

他停下來，開始在鋪滿果皮、丟棄的小禮物和踩爛的鮮花的小道上來回走來走去。

「換作是我就不會對她要求這麼多，」我冒昧地說：「你不可能重現過去了。」

「不可能重現過去？」他難以置信地喊出來：「當然可能！」

他瘋狂地向四周張望，彷彿過去就隱藏在這間房子的陰影裡，一伸手就能抓到。

「我會把一切都還原到以前那樣，」他邊說邊堅定地點著頭：「她會懂的。」

他滔滔不絕地說著過去的事，我總歸起來——他是想修復某種東西，也許是某種他對自己的想像，而那部分現在已經完全轉變成他對黛西的愛意。從那時起，他的生活就開始困惑失序，所以，他認為如果能回到某個起點，慢慢地重來一遍，就能找到那個他想修復的東西……

五年前，一個秋天的夜晚，他們倆在落葉紛紛的街道上走著，走到一個沒有樹木、皎白月色映照的人行道上，他們停了下來，面對著彼此。那是一個涼爽的夜晚，空氣中瀰漫著一股神祕的興奮感，是一年兩次，季節交替時期才有的氣氛。房子靜謐的燈光照進黑暗之中，繁星間醞釀著一股喧譁和躁動。蓋茲比透過眼角餘光看見——一條條人行道真實地搭造出一把梯子，直通到樹頂上方的祕密之地。他可以攀爬上去。如果他獨自攀登，一旦上去，他便能吸吮到生命的泉漿，大口咽下那無與倫比的奇蹟之液。

他的心跳隨著黛西白皙的臉龐貼近他，越跳越快。他知道，當他親吻了這個女孩，並把他那無以名狀的憧憬和她短暫的呼吸編織在一起，他的內心就再也不會像上帝那樣恣意自在了。所以他等著，再傾聽一會兒那敲響星點的音叉。然後他吻了她。當他的嘴唇觸碰到她的，她就像一朵花般的為他綻放了，從此他脫胎換骨，變成另一個人。

聽了他說的這些，還有他那驚人的多情傷感，讓我想起了什麼——那是我很久以前在某個地方聽過，一段難以捉摸的節奏，一句失落話語的片段。有一瞬間，我幾乎就要把成形的話說出，甚至像個啞巴一樣張開了雙唇，彷彿口中除了一絲受驚的空氣，還有什麼東西掙扎著想逃出來。可是，最終我仍然沒有出聲，而我幾乎記起的事便沉落在這無言之中，永遠無法傳達。

7

就在人們對蓋茲比的好奇心逐漸積累之際，一個週六夜晚，他的豪宅竟一盞燈都沒有點亮——一如當初他莫名其妙地開始像古羅馬暴發戶崔馬喬般大宴賓客，這下又莫名其妙地結束了。我慢慢注意到，不斷有一些滿懷期待開進他家車道的車子，在門口逗留一陣後，又掃興地開走。我擔心他是不是病了，決定過去看看——屋裡出來一位面目猙獰的陌生管家，站在門口遲疑地上下打量著我。

「蓋茲比先生病了嗎？」

「沒有。」他停頓了一會兒，不情不願地慢慢補說：「先生。」

「我很久沒看到他，很擔心。請轉告他卡羅威先生來過。」

「誰？」他粗魯地質問。

「卡羅威。」

「卡羅威。好，我會轉告他。」

他猛然砰的一聲把門關上。

芬蘭女傭告訴我，一個星期前蓋茲比解雇了家裡所有傭人，新雇了六個，這幾個傭人透過電話訂購為數不多的日用品，不會趁出門採買時貪圖西卵鎮店家的賄賂而向人說三道四。雜貨店的送貨員說，蓋茲比家的廚房現在亂得像個豬圈，而鎮上的人一致認為這幾個新聘的人根本就不是傭人。

隔天蓋茲比打電話給我。

「你要出門嗎？」

「不，old sport。」

「聽說你解雇了原本的傭人。」

「我只雇用不說閒話的人——黛西經常來，她都是下午過來。」

我這才懂了，這個曾匯聚人群的大酒館會像紙牌堆砌的房子一般瞬間倒掉，就因為她不喜歡。

「他們都是沃爾夫山姆會想幫助的人。他們以前一起經營過一家小旅館。」

「我懂了。」

是黛西要他打電話來的——問我明天能不能去她家吃午飯，貝克小姐也會在。半個小時後，黛西親自打電話來，聽到我會去，似乎鬆了一口氣。一定出什麼事了。但我還是不大能相信，他們竟然會選擇安排蓋茲比、湯姆和黛西三人見面——特別是在蓋茲比對我描述完他在花園裡向她做出那樣的要求之後。

第二天天氣熱辣辣的，毫無疑問是這個夏季尾端最熱的一天。當我乘坐的返家火車從隧道出來開進陽光裡時，只有全國餅乾公司那尖銳的汽笛聲打破中午煩悶的寂靜。我身下的草蓆坐墊熱得像快著火，坐在我旁邊的女人一開始還故作矜持，任汗水滲透她白色的襯衫，等到她手上的報紙也被手汗浸濕時，她無可奈何地歎了口氣，絕望地墜入炎熱之中。這時她的錢包啪的一聲掉到地上。

「啊！」她邊喘邊說。

我疲倦地彎下腰，撿起錢包遞給她。我把手臂伸得遠遠的，掐住錢包一小角，表示我對此沒有別的念頭。但車裡所有人，包括那個女人，仍滿臉質疑地看著我。

「熱啊！」火車票務員對著熟客說：「這天氣真夠受的……好熱！……好熱！……好熱！……你覺得熱嗎？熱壞了吧！熱壞了吧？」

他把我的來回票還給我，在車票上留下他的汗漬。在如此酷熱的天氣裡，還有誰會關心誰親吻了誰的紅唇，誰的頭枕濕了誰睡衣胸前的口袋呢？

一陣微風穿過布坎南家大廳前門，將電話聲送進我和蓋茲比耳中，此時我們倆正站在布坎南家門口等著。

「主人的屍體？」管家對著話筒吼道：「抱歉，夫人，我們還不能處理，這種大熱天中午，碰都不能碰啊！」

但他真正說的是：「好的……好的……我去處理。」

他放下聽筒，出來為我們開門，他額頭上滲出汗珠，雙手接過我們硬挺的草帽。

「夫人在客廳裡等你們！」他大聲喊道，不必要地指了指方向。在如此炎熱的天氣裡，每一個多餘的手勢都像是在侮辱生活的智慧。

這個房間被遮陽篷擋得好好的，陰暗又涼爽。黛西和喬丹倚在一張巨大的沙發上，就像兩座銀雕像正壓著一身白衣裳，免得裙子被電扇的陣風吹起。

「我們動不了。」她們倆齊聲說。

喬丹那曬黑的手指上鋪了一層白色蜜粉，在我手上停放了一會兒。

「湯姆．布坎南先生呢？」我問道。

才剛發問，我馬上聽見他粗魯、低沉、沙啞的聲音，在大廳裡講電話。

蓋茲比站在緋紅色地毯中央，滿眼驚奇地四處張望，黛西看著他笑了起來，是她專有的那種甜美、讓人興奮的笑。隨著笑聲起伏，她的胸前飄散起一層粉。

「據說，」喬丹小聲地說：「電話那頭是湯姆外面的女人。」

我們沉默著。大廳裡的聲音忽然惱火地高漲起來：「好，就這樣，我不把車子賣給你了……我可不欠你什麼……你在午餐時間這樣打擾我，我根本不必忍受這種事！」

「他只是拿著電話在裝模作樣。」黛西冷笑道。

「不，不是的。」我向她保證。「真的有這件事，我剛好知道他要賣車。」

湯姆猛然打開門——結實的身軀就像要把門給堵住一般，他快步走進客廳。

「蓋茲比先生！」他伸出他寬大而扁平的手，把心中對蓋茲比的不悅藏得好好的。「見到你真高興，還有尼克。」

「幫我們拿些冰涼的飲料吧！」黛西喊道。

他再度離開房間時，她起身走到蓋茲比旁邊，湊近他的臉，親吻他的嘴。

「你知道我愛你。」她低聲說。

「別忘了還有位女士在場。」喬丹說。

黛西面露疑惑地張望。

「不如你也親親尼克吧！」

「好個低俗下流的女孩。」

「我不在乎！」黛西喊著，一邊在磚砌的壁爐前踢踏地跳起舞來。她突然想起這天天氣很熱，又不好意思地坐回沙發上。這時，剛洗好衣服的保母牽著一個小女孩走進客廳。

「我最——疼愛的寶貝！」她哄著說，張開她的手臂。「到媽媽這兒來，媽媽愛你。」

保母一放手，孩子就從屋子另一頭跑過來，害羞地一頭栽進媽媽的衣裙裡。

「你這個心肝寶貝！媽媽的粉是不是弄到你頭髮了？來，站起來，跟大家說——你們好。」

我和蓋茲比先後彎下腰，握一握那隻不太情願的小手。蓋茲比一臉驚訝地盯著那孩子看，我想他從來沒有相信過這個孩子真的存在。

「我午餐前就打扮好啦！」孩子說，充滿期待地轉向黛西。

「媽媽想讓你出來炫耀一下嘛！」她低下頭，貼在那雪白的小脖子唯一一條細紋上。「你真像個夢幻寶貝，你啊！真是個夢幻的小寶貝。」

「噢！」孩子冷冷地應和道：「喬丹阿姨也穿白色洋裝。」

「你喜不喜歡媽媽的朋友？」黛西將她轉過身，面對著蓋茲比。「你覺得他們好看嗎？」

「爸爸呢？」

「她長得不像她爸爸。」黛西解釋道：「她長得像我，她的頭髮和臉形都像我。」

她坐了下來，靠回沙發上，保母上前一步拉住孩子的小手。

「潘妮，過來。」

「再見，甜心！」

這個聽話的孩子不情願地轉頭看了一眼，便抓著保母的手，被帶到門外去了。這時湯姆回來了，跟在他身後的傭人端著四杯杜松子利克酒，裡面滿滿的冰塊喀喀作響。

蓋茲比拿起一杯。

「看上去真的很冰涼。」他說，看得出來他有些緊張。

我們大口大口貪婪地把酒喝下去。

「我在某個地方看到報導，說太陽會一年一年越來越熱，」湯姆溫和地說：「好像地球很快就會掉進太陽裡去了！等等——應該相反——是太陽溫度一年比一年冷。」

「到外面來吧！」他向蓋茲比建議道：「我帶你好好看看這個地方。」

我和他們一起走到走廊外，酷熱之中，碧綠的海灣上一艘小帆船正緩慢地朝新鮮湧動的外海處游動。蓋茲比的目光不時追隨著那艘船，接著他抬起手，指向海灣對面。

「我就住在你正對面。」

「可不是嘛！」

我們的目光越過玫瑰花圃，越過熱辣辣的草坪和海邊熱呼呼的雜草堆。那艘小船的白色帆布正徐徐朝著蔚藍的天際移動。再往前，是扇貝般的海洋和星盤羅布般的漂亮島嶼。

「那是你會喜歡的運動。」湯姆邊說邊點頭。「我真想和那艘船一起出海玩上一個小時。」

我們到餐廳吃午餐，一方面藉著餐廳裡的幽暗遮蔽熱氣，一方面也藉著喝下冰涼的麥酒化解緊張的氣氛。

「今天下午要做什麼好呢？」黛西嚷嚷道：「還有明天該做什麼，往後的三十年又該做什麼呢？」

「你別這麼病態，」喬丹說：「等秋天氣候涼爽起來，生活就又會回復正常了。」

「可是現在好熱啊！」黛西堅持道，一副快哭出來的樣子。「一切都太讓人頭昏了，我看我們進城去吧！」

她說完之後，聲音還在熱氣中掙扎飄蕩，用力衝撞，像是要把毫無知覺的熱氣弄出個形狀來才肯罷休。

「我只聽過有人把馬廄改成車庫，」湯姆對著蓋茲比說：「但我是第一個把車庫改成馬廄的人。」

「誰想進城去？」黛西不放棄地問道，蓋茲比的目光向她飄去。

「啊！」她嚷嚷著：「你看起來好酷。」

他們的目光相遇，盯著對方看，彷彿這裡就只剩下他們倆。她費了點力才將眼神拉回來，看向桌子下方。

「你看上去總是那麼酷。」她重複道。

她肯定還告訴過他，她愛他，湯姆．布坎南看出來了。他大為驚愕，雙唇不自覺地張開，他看向蓋茲比，再看向黛西，他的表情就像黛西是他很久以前認識的人，而他剛剛才認出她來。

「你很像廣告裡的一個人，」她繼續天真地說：「你知道廣告裡那個人——」

「好啦！」湯姆連忙打斷。「我非常樂意到城裡去。走吧！我們都到城裡去。」

他起身，目光仍在蓋茲比和他妻子兩人之間來回巡視。沒有人動作。

「走呀！」他火氣上來了。「現在是怎麼一回事？要到城裡去的話就趕快走。」

他的雙手因為想努力控制住自己而發抖著，他將杯中剩下的麥酒送到嘴邊喝掉。黛西發出聲音，我們站起身來，走到外面炙熱的鋪石車道上。

「我們就這樣走了嗎？」她抗議道：「就這樣？我們不等誰先抽根菸再走嗎？」

「午餐的時候大家都抽過了。」

「噢，不就是好玩嘛！」她央求他。「天氣這麼熱，你就不要再動氣了。」

他沒有回答。

「都聽你的吧！」她說：「來，喬丹。」

她們上樓準備，我們三位男士站在車道上用腳把熱辣辣的小石子踢來踢去。一彎銀月已經懸掛在西邊的天空上。蓋茲比想開口說話，想想又不說了，湯姆這時轉過身來面對他，等著要聽他說話的模樣。

「你的馬廄在這裡嗎？」蓋茲比好不容易擠出一句。

「沿著這條路下去大概有四分之一英哩的路。」

「噢！」

停頓。

「我不知道為什麼要進城去，」湯姆突然粗魯地說：「女人只要一有點小想法就……」

「我們要帶點什麼在路上喝嗎？」黛西從樓上的窗邊喊道。

「我來帶點威士忌。」湯姆回答道，走進屋裡。

蓋茲比僵硬地轉向我：

「我在他家什麼話也說不了，old sport。」

「她說話的語氣很不正經，」我說：「充滿了——」我猶豫著該怎麼形容。

「充滿了錢味。」他突然說出。

正是如此。我以前從沒搞清楚過，她說的都是錢——她聲音裡的抑揚頓挫全是隨著金錢的無邊魅力而來，就像金幣的叮噹之聲，就像銅板敲擊之聲……她如同高高端坐在白色宮殿裡的公主，身上閃著金光……

湯姆從屋裡走出來，把一瓶一夸脫的酒用毛巾包起來，後面跟著黛西和喬丹，兩人都戴著亮銀色布料的小帽子，手臂披著薄紗。

「大家一起坐我的車去如何？」蓋茲比建議道，他摸著那熱騰騰的綠皮坐墊。「我剛才應該把它停在樹蔭下的。」

「這車是一般的排檔嗎？」湯姆問道。

「對。」

「嗯……那你開我的小轎車，我來開你的車吧！」

蓋茲比可不喜歡這個提議。

「我車裡的汽油恐怕快不夠了。」他反對道。

「汽油多得很，」湯姆大聲嚷嚷，看看油表。「如果用完了我可以在藥房前面停車下去買。這年頭藥房什麼都買得到。」

這句無聊話一說完，緊接著就是一陣沉默。黛西皺著眉頭看著湯姆，蓋茲比臉上掠過一種無以名狀的表情，明明很陌生卻又似曾相識的表情，這神情我只聽別人描述過，但現在真的出現在他臉上。

「黛西，來吧！」湯姆說著，將她推向蓋茲比的車。「我就開這輛馬戲團花車帶你進城。」

他打開車門，但黛西卻從他的臂彎裡繞了出來。

「你載尼克和喬丹，我在小轎車裡跟著你。」

她走近蓋茲比，用手撫摸著他的大衣。喬丹、湯姆和我坐進蓋茲比那輛車裡，湯姆試著扳了扳不熟悉的排檔桿，我們猛地衝進窒悶的夏日熱浪中，把他們甩在後頭。

「你們看見了嗎？」湯姆問道。

「看見什麼？」

他敏銳地看著我，意識到我和喬丹一定早就知道了。

「你們以為我是個傻瓜，是吧？」他說：「也許我是，不過我有一種──可以算是第二知覺，有時候它會告訴我該怎麼做。你們可能不相信，但是科學──」

他猛然打住。眼前的事情把我們從他理論的深淵裡救了出來。

「我對這傢伙做了點調查，」他繼續說：「我本來還可以再查得更深入一些，要是我早知道──」

「你是說你找了靈媒嗎？」喬丹幽默地問。

「什麼？」他一臉困惑，盯著笑了起來的我們。「靈媒？」

「打聽蓋茲比啊！」

「打聽蓋茲比？不，我沒有。我是說我在調查關於他的過去。」

「然後……你發現他是牛津大學畢業生？」喬丹很會幫忙。

「他念牛津大學？」他簡直難以置信。「怎麼可能，他穿粉紅色西裝呢！」

「不過人家仍是牛津出來的。」

「我看是新墨西哥州的牛津鎮吧！」湯姆嗤之以鼻輕蔑地說：「或者類似的地方。」

「聽著，湯姆。既然你這麼瞧不起他，為什麼還要邀他共進午餐？」喬丹生氣地問。

「黛西邀請他的。我們結婚之前她就認識他了——誰知道他們是在哪裡認識的。」

麥酒的酒勁過後，我們都開始感到煩躁，也開始感受到這天氣有多燥熱，大家只好悶不吭聲安靜地坐著。當艾科堡醫生褪色的眼睛在道路前方出現時，我想起蓋茲比說汽油不夠的事。

「這汽油夠我們開到城裡。」湯姆說。

「前面就有個車行，」喬丹反對道：「我可不想在這種大熱天裡遇上車子沒油熄火。」

湯姆不耐煩地踩了兩次剎車，我們在揚起的塵土中慢慢開到威爾遜車行的招牌下。過了一會兒，老闆從車行裡鑽出來，兩眼無神地看著我們的車。

「加點油吧！」湯姆粗聲粗氣地喊道：「你以為我們停在這裡幹嘛——看風景嗎？」

「我病了，」威爾遜一動也不動地說：「病了一整天。」

「怎麼了？」

「我整個身體都累垮了。」

「這是要我自己動手加油的意思嗎？」湯姆問道：「你在電話上聽起來很好啊！」

原本倚著門的威爾遜費力地挺起身子，從陰涼處走出來，喘著氣把汽油箱蓋子上的螺絲鬆掉，拿下蓋子。太陽底下，他的臉色發青。

「我不想打擾到你們用午餐的時間。」他說：「但是我很需要錢，我想知道你那輛舊車打算怎麼辦。」

「你喜歡現在這一輛嗎？」湯姆問道：「我上週買的。」

「這輛黃色車子真好看！」威爾遜說，用力拉下加油機的把手。

「想買嗎？」

「可能嗎？」威爾遜淡淡一笑。「不買，不過想在那輛車上賺點錢。」

「你突然要錢做什麼？」

「我在這裡待太久了。我想離開這裡到別處去，我和我妻子想去西部。」

「你妻子想去？」湯姆驚訝地嚷嚷道。

「她說這事說了有十年了。」他在加油機上休息一會兒，伸手遮住刺眼的陽光。「現在不管她想不想去，她都得去。我要帶她離開這裡。」

後面那輛小轎車從我們身邊疾馳而過，揚起一陣塵土，車裡的人對我們招招手。

「我還欠你多少？」湯姆粗魯地問道。

「這兩天我發現一些很怪的事，」威爾遜解釋道：「才想搬走。所以我才一直拿車的事情煩你。」

「我欠你多少？」

「二十美金。」

不留情面的熱浪把我弄得頭昏，好一會兒我覺得不大舒服，直到我發現威爾遜還沒有懷疑到湯姆身上後才稍微好轉。他發現梅朵背著他不知道在什麼地方有另外一個男人，這個震驚讓他生了病。我盯著他看，又盯著湯姆看——湯姆在半個小時前也發現了同樣的事情。於是我意識到，男人在才智和種族上的差異，遠遠比不上生病的人和正常人之間的差異。威爾遜病得不輕，他病到把自己當成犯錯的那個，就像他犯了什麼不可饒恕的錯誤——好比說把一個好好的窮人家女孩的肚子搞大。

「我會給你那輛車，」湯姆說：「明天下午我就派人給你送來。」

那一帶總是讓人感到不安，即使是在下午陽光炙熱的時刻也一樣，我轉過頭去，好像有人叫我小心背後什麼東西似的。那片灰土堆上方，艾科堡醫生那雙巨大的眼睛依然守望著，不一會兒，我發現有另外一雙眼睛正在二十英呎不到的距離外注視著我們。

車行樓上一扇窗戶前，窗簾被拉開了一點，梅朵・威爾遜正在偷看我們這輛車。她看得非常專注，沒發現我在注意她，她的臉隨著思緒變化出各種表情，那一張張表情就像底片被沖印後一一顯影。但她的表情特別奇怪——這是我在女人臉上經常看到的表情，可是現在出現在梅朵・威爾遜臉上，看起來毫無意義卻又令人費解。後來我才發現，她那因嫉妒恐懼而瞪大的雙眼不是看向湯姆，而是投向喬丹．貝克。她以為喬丹是他妻子。

再也沒有什麼困惑比得上讓一個頭腦簡單的人陷入困惑更可怕。我們開車離去後，湯姆臉上驚恐的表情好像正在被熱油鞭子抽打一般。一個小時前，他的妻子和情婦還穩穩妥妥的，讓他樂在其中又不受干擾，現在，卻一下子全都失控了。他本能地踩下油門，這樣既可以趕上黛西，又可以把威爾遜甩在後頭，我們朝著阿斯托利亞以時速五十英哩的速度疾馳而去，直到開到高架鐵橋上蜘蛛網般的鋼架之間，才看到前面那輛悠然自得的藍色小轎車。

「50號大街上那些大電影院很不錯。」喬丹提議道：「我熱愛夏天午後的紐約，因為人們都躲到別處去了。整個城市有一種非常具有美感——一種熟透了的感覺，好像所有神奇的果實都會落到你手裡。」

「美感」這個詞讓湯姆更加惴惴不安，他剛想出聲抗議，前面那輛小轎車就停了下來，黛西示意要我們開上前停到他們旁邊。

「我們要去哪啊？」她喊道。

「去看電影如何？」

「實在太熱了，」她抱怨道：「你們去吧！我們開車四處轉轉，待會兒再和你們會合。」她努力想出兩句玩笑話：「我們會合的時候啊！你們只要看到一個同時抽著兩支菸的男人，那就是我。」

「我們不要在這裡討論，」湯姆不耐煩地說，後面有輛卡車狠狠按著喇叭催促他們。「你們跟我開到中央公園南邊，到廣場酒店前面再說。」

他頻頻轉頭看他們那輛藍色小轎車，如果他們被交通號誌耽擱了，他就放慢速度，等到他們出現在視線內。我想他是害怕這兩個人會飛快拐入路邊某條街巷，然後從此從他的生活中消失。

但是他們沒有這麼做。而我們所有人最後做了一個讓人難以理解的決定——在廣場酒店租下一間套房。

大家吵吵鬧鬧爭論了很久，等到我們全被趕進套房，爭執才停下來。我不記得到底吵了些什麼，只有身體還清晰地記得在吵鬧的過程中，我的內褲被汗水浸透，像條蛇一樣往我腿上縮，斗大的汗珠在背上滴得我背脊發涼。黛西出了個主意，提議我們租五間浴室先洗個冷水澡，之後又有人說要找個地方喝杯涼薄荷酒，「這太瘋狂了」、「這太瘋狂了」每個人一遍又一遍地打消各種主意，我們一邊對著搞不清狀況的酒店服務生講話，一邊以為、或者假裝以為這種吵鬧還挺有意思的。

那間套房又大又悶，雖然已經下午四點，打開窗戶勉強也只有一陣從公園圍籬捎來的風。黛西走到鏡子前，背對著我們，打理起她的頭髮。

「這套房好時髦啊！」喬丹肅然起敬地小聲說，我們都笑了起來。

「再開一扇窗。」黛西頭也不回地命令道。

「沒有窗戶了。」

「這樣啊！那我們最好打電話要一把斧頭——」

「你不要一直想著熱，」湯姆不耐煩地說：「你一直說個不停，就會再熱上十倍。」

他從毛巾裡拿出威士忌，打開瓶蓋放在桌上。

「Old sport，怎麼你老愛找她麻煩呢？」蓋茲比開口說：「是你喊著要進城的。」

一陣沉默。釘掛在牆上的電話簿滑了下來，啪的一聲掉在地板上。這時喬丹小聲說了一句「對不起」——不過這次沒有人笑。

「我來撿。」我自願地說。

「我撿起來了。」蓋茲比仔細地檢查斷開的繩子，嘟噥了一句「嗯」表示關心，就把電話簿扔到椅子上。

「那是你的漂亮口頭禪，對吧？」湯姆尖銳地問。

「什麼？」

「你老是說什麼old sport、old sport的。你從哪裡學來的？」

「湯姆，你聽著，」黛西從鏡子前轉過身來說：「如果你想做人身攻擊，我就要離開，一分鐘也不待。去打電話叫點冰，我們來喝薄荷酒吧！」

正當湯姆拿起聽筒，那壓緊的熱氣猛地爆破開來，發出了聲音——樓下舞廳那令人心悸的和弦，傳來孟德爾頌的《婚禮進行曲》。

「熱成這樣居然還有人結婚！」喬丹鬱悶地說。

「說到這，我就是在六月中結婚的。」黛西回憶道：「六月的路易斯維爾，還有人暈倒了呢！湯姆，是誰暈倒了啊？」

「比洛克希。」他簡單答道。

「一個叫比洛克希的男人，『木頭人』比洛克希[12]。他真的是做盒子的，而且他老家就在田納西州的比洛克希。」

「他們把他抬到我家，」喬丹補充道：「因為我家跟教堂只有兩戶人家的距離。後來他還留下來住了三個星期，直到父親跟他說他得走了。他走後第二天，父親就死了。」過一會兒她又補充道：「不過這兩件事沒有關係。」

「我以前認識一個叫比爾．比洛克希的人，他是孟菲斯人。」我說。

「那是他堂兄弟。他走之前把他整個家族的歷史都告訴我了。還送給我一根鋁製的高爾夫球棒，我現在還在用。」

樓下的婚禮開始，音樂停了下來，從窗外傳來長長的歡呼聲，接著是一陣陣「好啊——好——啊！」，最後爵士樂聲響起，舞會開始了。

「我們都老了。」黛西說：「如果我們還年輕，就會起來跳舞的。」

「我們在聊比洛克希，」喬丹警告她道：「你是在哪裡認識他的，湯姆？」

「比洛克希嗎？」他認真地想了一會兒。「我不認識他，他是黛西的朋友。」

12「木頭人」、「比洛克希」和「盒子」都是諧音。

「他不是。」她否認道：「我以前從沒見過他，他是坐你的專車來的。」

「可是他說他認識你，他說他在路易斯維爾長大，是阿莎・伯德在婚禮最後把他帶進來的，問我們有沒有地方坐。」

喬丹笑了。

「他大概是想搭便車回家吧！他說他是你們念耶魯時的班長。」

我和湯姆茫然地看著對方。

「比洛克希？」

「首先，我們根本就沒有班長——」

蓋茲比的腳短促地連踢了幾聲，湯姆忽然把目光轉向他。

「說到這個，蓋茲比先生，聽說你上過牛津大學。」

「不完全是。」

「哦？據我所知你上過牛津。」

「對——我去過那裡。」

一陣停頓。湯姆接著用懷疑且侮辱人的語氣說：

「你一定是在比洛克希去新港的時候去牛津的吧！」

又一陣停頓。這時一個服務生敲了敲門，端著碾碎的薄荷葉和冰塊走了進來，他說的「謝謝」和輕輕的關門聲都沒能打破這場沉默。這個至關緊要的細節終於要揭曉了。

「我跟你說了，我去過那裡。」蓋茲比說。

「我聽到了，但我想知道是什麼時候。」

「那是一九一九年，我只待了五個月，所以我不能說自己是牛津大學畢業的。」

湯姆向四周的人看去，想看看我們臉上有沒有他臉上那種懷疑。但我們全都看著蓋茲比。

「那是停戰之後他們為一些軍官安排的機會，」他繼續說：「讓我們選擇去英國或法國任何一所學校。」

我想站起身來拍拍他。我再一次感受到對他完全的信任，一如我之前有過的體驗。

黛西起身，微微一笑，走到桌前。

「湯姆，打開威士忌。」她命令道：「我來幫你調一杯薄荷酒，然後你就不會覺得自己這麼蠢了……快看看這些薄荷葉！」

「等等，」湯姆厲聲說：「我想再問蓋茲比幾個問題。」

「請說。」蓋茲比禮貌地回話。

「你想在我家製造什麼矛盾？」

他們終於把事情挑明了，蓋茲比顯出很滿意的樣子。

「他沒有要製造矛盾，」黛西無助地看看這邊又看看那邊。「是你在製造矛盾，請你控制一下你自己。」

「控制自己？」湯姆難以置信地重複道：「我想──你的意思是要我乾坐在這看一個不知從哪裡冒出來的陌生男人對自己妻子勾勾搭搭吧！好啊！如果你覺得應該這樣，那你可以說我不能控制自己！這年頭大家根本不把家庭生活或婚姻制度當一回事，我看乾脆就拋棄一切，讓白人和黑人通婚算了！」

他情緒激動、胡言亂語、滿臉通紅，就像是獨自站在捍衛文明的最後一道牆上。

「我們這裡都是白人啊！」喬丹低聲說。

「我知道我不受歡迎，我不會辦大宴會。我想你是認為一定要把自己家搞得像個豬圈一樣，才能在現在這個社會交到朋友！」

儘管我也很氣憤，大家都很氣憤，但每次他一開口我就想笑。一個浪蕩子就這麼華麗地轉個身，登時成了個衛道人士。

「我有話對你說，old sport——」蓋茲比準備開口，但黛西已經猜到他想說什麼了。

「求你別說！」她無助地打斷他。「我們都回家吧！我們都回家好不好？」

「好主意。」我起身。「來吧！湯姆，沒人想喝酒了。」

「我想知道蓋茲比先生要告訴我什麼。」

「你的妻子不愛你！」蓋茲比說：「她從來沒有愛過你，她愛的是我。」

「你一定是瘋了！」湯姆立刻衝口而出地大喊。

蓋茲比猛地站起身來，非常激動。

「她從來沒有愛過你，聽到了嗎！」他喊道：「她嫁給你是因為我那時很窮，她等我等煩了。這是個可怕的錯誤，但是在她心裡她從來沒有愛過別人，除了我！」

這時我和喬丹都想走了，但湯姆和蓋茲比兩人爭著堅持表示我們一定得留下來——好像他們兩個沒有什麼祕密好隱藏，而我們還享有留下來和他們一起分享情感的特權。

「黛西，坐下。」湯姆試著用長輩的口吻說話，但不成功。「這是怎麼一回事？我想知道整件事。」

「我告訴過你是怎麼一回事了，」蓋茲比說：「已經五年了，只是你不知道而已。」

湯姆突然轉向黛西。

「你五年來一直跟這傢伙見面？」

「沒有見面。」蓋茲比說：「不，是我們見不到。但那些日子我們一直都愛著對方，old sport，只有你不知道。我有時真的很想笑——」但他臉上並沒有笑意。「想到你連這一點都不知道。」

「噢，就是這些。」湯姆像個牧師般把他十根粗手指併攏，然後靠到椅背上。

「你瘋了！」他突然暴發。「五年前的事我不知道，我那時根本還不認識黛西，但是我他媽真不明白你是怎麼接近她的，除非你是送雜貨的，專門送貨到她家後門！還有你其他那些話都是鬼扯，黛西和我結婚的時候愛我，現在也愛我。」

「不。」蓋茲比說，搖著頭。

「她就是愛我！問題是她有時候腦子裡盡是些傻念頭，根本不知道自己在幹嘛！」湯姆像個智者一樣點著頭說下去：「而且我也愛黛西，有時候我也會去找找樂子，做點蠢事，但我總是會回來的，在我心裡我一直都是愛著她的！」

「你真讓人噁心。」黛西說。接著她轉向我，把聲音降低一個音節，房裡霎時充滿那令人驚恐的挖苦：「你知道我們為什麼要離開芝加哥嗎？我真奇怪他們沒跟你講過他都找了些什麼樂子！」

蓋茲比走過去站到她身旁。

「黛西，那些都過去了，」他著急地說：「那些都不重要了，你只要告訴他真相——告訴他你從來沒有愛過他——這一切就一筆勾銷。」

她茫然地看著他。「為什麼呢……我怎麼會愛他……怎麼可能？」

「你從來都沒有愛過他。」

她猶豫了。她的眼神哭訴似的看向我和喬丹，好像她終於意識到自己在做什麼——好像她其實一直、從來也沒有打算要這麼做，但現在卻發生了，一切都太晚了。

「我從來沒有愛過他。」她說，看得出來她並不情願。

「即使在卡匹奧拉尼的時候也沒有愛過嗎？」湯姆突然問道。

「沒有。」

悶得讓人窒息的和弦聲，從樓下大廳隨著熱浪一陣陣傳上來。

「那天我把你從遊艇上抱上岸，好讓你的鞋子不弄濕時，你不愛我嗎？」他沙啞的聲音中帶著一股柔情。「黛西？」

「別說了。」她聲音冷冷的，但是已經聽不出怨氣。她看著蓋茲比，「聽著，傑。」她說——她想把菸點上，可是手一直顫抖。突然間，她把菸和點著的火柴都扔到了地毯上。

「噢，你要的太多了！」她對著蓋茲比喊道：「我現在愛你，這還不夠嗎？過去的事我無法挽回了。」她開始無助地抽泣起來。「我以前確實愛過他，但是我也愛你。」

蓋茲比睜開眼睛，又閉上。

「你也愛我？」他重複道。

「連這也是個謊言，」湯姆凶狠地說：「她根本不知道你還活著。我告訴你，我和黛西之間有很多你不知道的事，那些我們倆永遠都不會忘記的事！」

這話似乎深深刺痛了蓋茲比。

「我想跟黛西單獨談談，」他要求道：「她現在情緒太激動了——」

「即使單獨跟你談，我也不能說自己從沒愛過湯姆。」她用憐憫的聲音坦承道：「這不是真的。」

「當然不是真的。」湯姆表示同意。

她轉向她先生：「別說得好像你很在乎似的。」

「我當然在乎！我從現在開始要更加好好地保護你。」

「你不明白，」蓋茲比說，顯得有些慌張。「你不能再保護她了。」

「我不能保護她？」湯姆睜大眼睛，放聲大笑。他現在可以控制住自己了。「為什麼？」

「黛西要離開你了。」

「胡說！」

「我是要離開你了。」顯然要她說出這話並不容易。

「她不會離開我！」湯姆突然對蓋茲比劈頭吼道：「她絕不會為了一

個算不上什麼大人物的騙子離開我，你連替她戴在手上的戒指都是偷來的！」

「我受不了了！」黛西喊道：「噢，我們走吧！」

「你到底是什麼人？」湯姆破口而出：「你是跟梅爾・沃爾夫山姆那幫人一起混的——我都打聽到了。我對你做了點調查——明天我還會更進一步調查。」

「隨便你查，old sport。」蓋茲比穩穩地說。

「我知道你的『藥店』都是在做些什麼買賣。」他轉向我們，飛快地說：「他和這個沃爾夫山姆在紐約和芝加哥買下很多街上的藥店，用來販賣私酒。這就是他其中一個見不得人的賺錢門道。我看到他的第一眼就覺得他是個賣私酒的，還真讓我猜對了！」

「那又怎麼樣呢？」蓋茲比禮貌地說：「這麼說來，我想你朋友瓦爾特・切思跟我們同夥也不太光榮嘛！」

「你坑了他，對吧？你讓他在紐澤西坐了一個月的牢。老天！你得聽聽瓦爾特是怎麼說你的。」

「他找上我們的時候還只是個窮鬼，他很高興賺到一點錢，old sport。」

「別再叫我『old sport』！」湯姆喊道，蓋茲比沒接話。「瓦爾特本來可以告你犯法賭博的，但沃爾夫山姆害怕，不肯出面拆穿你。」

那種不熟悉卻又似曾相識的表情再度回到蓋茲比臉上。

「開藥店撈的不過是些小錢，」湯姆慢慢地說：「我知道你現在搞上一筆大生意，瓦爾特因為害怕不敢跟我多說。」

我瞥了黛西一眼，她正驚恐地看著蓋茲比和她先生，我再轉過去看看喬丹——喬丹又開始用下巴頂著一個她似乎很感興趣卻不存在的東西，試著保持平衡的樣子。然後我轉頭看蓋茲比——他的神情嚇到我了。他看起來——我會這麼形容，跟我在他家院子裡聽到的那些蜚短流長沒有關係——就像是「剛殺了個人」。確實在那一瞬間，他臉上的神情真的可以用這麼誇張的說法來形容。

那個神情消失之後，他開始激動地對黛西說話，否認一切，駁斥那些我們沒有聽過的、別人對他的指控，為他自己辯護。但是他說得越多，她就越退縮，離他更遙遠了。最後他只好放棄。隨著那個下午分分秒秒地遠去，只有那殘破的夢想還在繼續奮力掙扎，希望能碰觸到那已經快要不存在的——屋裡那個迷失的聲音。

那個聲音再次央求要走。

「湯姆，求求你，我再也受不了了！」

她驚恐的眼神透露著，不管她曾經有過什麼樣的意圖、什麼樣的勇氣，現在都已經煙消雲散了。

「你們兩個回家。黛西，」湯姆說：「坐蓋茲比先生的車回家。」

她看看湯姆，開始擔心了。但他堅持要以寬宏大量來表示侮蔑。

「去呀！他不會煩你的，我相信他知道自己那自作多情的小小引誘已經玩完了。」

他們走了，沒說一句話，轉眼就消失了，好像突然出現又形單影隻離開的鬼魂，甚至對我們的憐惜都不感興趣。

過了一會兒，湯姆起身把沒開瓶的威士忌用毛巾再包起來。

「你們要喝一點嗎？喬丹……尼克？」

我沒回答。

「尼克？」他又問。

「什麼？」

「要喝一點嗎？」

「不了，我剛想起今天是我生日。」

我三十歲了，未來十年在我面前變得醜陋而危險。

我們和他一起坐上小轎車開回長島時，已經晚上七點了。湯姆一路不停地說話，不斷興奮狂喜地大笑，但他的聲音之於我和喬丹，就像人行道上的喧譁或高架橋上轟隆隆的車聲一般遙遠。人的同情心是有限度的。我們很樂意將剛才那些可悲的爭論隨著車後的城市燈光拋到腦後。三十歲了——未來十年孤寂地擺在眼前，周遭的單身男子越來越少，濃情熱戀漸漸稀薄，頂上的頭髮也稀疏了起來。但我身邊有喬丹，她不像黛西，她那明智的頭腦不會背負著早已忘卻的夢走過一年又一年。我們開過湛黑的鐵橋時，她蒼白的臉龐懶洋洋地靠在我大衣肩頭上，隨著她緊握住我的手，我因為三十歲生日而來的恐懼也慢慢消散而去。

我們在涼意陣陣的暮色中向死亡駛去。

那個年輕的希臘人，米凱利斯，在灰土堆旁開了一間連鎖咖啡館，他就是後來審訊時的重要目擊證人。他在大熱天裡昏昏大睡，下午五點才醒來。然後他慢慢走到車行，發現喬治．威爾遜坐在辦公室裡病懨懨的——

他病得很重，臉色慘白得就像他那頭白髮，全身發抖。米凱利斯建議他上床睡一覺，卻被威爾遜拒絕了，他說如果他上床睡覺會錯過很多生意。就在鄰居勸說他時，車行樓上突然發出激烈的吵鬧聲。

「我把我妻子鎖在上面了，」威爾遜平靜地說：「她得在那裡待到後天，然後我們就搬走。」

米凱利斯嚇了一大跳，相鄰而居四年，威爾遜從來不是會說出這種話的人。他是那種苦幹型的人。不工作的時候，他就坐在門前的椅子上，看著路過的行人和車輛。別人跟他說話的時候，他也總是和和氣氣、面無表情地笑著。而且他一向只聽他妻子的，自己什麼都做不了主。

因此，米凱利斯很合理地想知道發生了什麼事，但威爾遜什麼都不說，反而開始用好奇、懷疑的眼光打量著他這位訪客，質問起他某幾天都幹了些什麼事。正當米凱利斯被問得很不自在時，幾個工人從車行門口路過，朝他的咖啡館走去，米凱利斯便藉機離開，說他稍後再回來。但他沒再回去，他想自己大概是忘了。七點過後一會兒，當他再走出來的時候，他才記起剛才的承諾。因為他聽見威爾遜太太正破口大罵，人在車行樓下。

「打我呀！」他聽見她喊道：「把我摔到地上啊！打我啊！你這個骯髒的懦夫！」

接著她就衝進了黃昏之中，邊揮手邊大叫——他還沒來得及走到門口看，事情就已經發生了。

報紙上稱那輛車為「死亡之車」。那輛車當時沒有停下來，它從漸暗的暮色中出現，悲劇性地遲疑了一會兒，便消失在下個路口。馬弗洛・米凱利斯連車子的顏色都沒看清楚——他對第一個警察說車子是淺綠色的。另一輛車，開往紐約的那一輛，開到一百碼外的地方停了下來，司機匆忙地跑回梅朵・威爾遜慘死的地點，她倒在馬路中央，濃濃的黑血和塵土混在一起。

米凱利斯和這個人最先趕到現場，當他們撕開她身上那件浸滿汗水的襯衫，看見她左乳房鬆垮地垂著時，就決定不再去聽後面的心跳了。她的嘴巴張開，嘴角微裂，好像她那無比旺盛的精力儲存了太久，在剛才奮力發洩的瞬間被嗆了一下。

我們離現場還有一段距離時，遠遠就看到前面停了三、四輛車子和一大群人。

「車禍！」湯姆說：「太好了，威爾遜終於有生意上門了。」

他放慢速度，但並沒有打算停下。當我們再開近一點時，車行門口那群人臉上肅穆而急切的表情讓他不由自主地踩了剎車。

「我們進去看看吧！」他滿心疑惑地說：「就看一眼。」

我這才聽見車行裡傳來一陣陣空洞的哀號，當我們走出小轎車，走向門口時，那哀號又轉成上氣不接下氣的悲歎：「噢，我的上帝啊！」

「看起來很嚴重。」湯姆興奮地說。

他踮起腳尖從一群人頭頂往車行裡望去，車行的天花板上只亮著一盞鐵片罩著的黃燈。他突然從喉嚨發出粗獷的一聲，兩隻強而有力的臂膀使勁一推，將自己擠入了人群。

人群不久後又攏了起來，勸告聲此起彼落，有一、兩分鐘我什麼都看不見。後來新到的人又把圍觀的圈子打亂，我和喬丹被推了進去。

一條毯子裹著梅朵．威爾遜的屍體，毯子外又包著另一條毯子，好像在這炎熱的夜晚她仍覺得寒冷徹骨似的。她躺在牆邊一張工作臺上，湯姆背對我們，一動也不動地彎腰看著。他身旁站著一位騎摩托車來的警察，滿頭大汗地在登記名字，小本子塗了又改。空蕩蕩的車行裡迴盪著高昂而吵鬧的呻吟聲，起初我不知道聲音從何而來，接著我看見威爾遜站在辦公室的門檻上，兩手抓住門框，身體前後搖擺著。有人搭著他的肩膀，低聲想跟他說話，但威爾遜什麼也聽不見、什麼也看不見。他的目光從那盞搖曳的燈光慢慢移到牆邊的桌子，又趕緊移回那盞燈，不停發出可怕的高聲呼喊：「噢，我的上——帝啊！噢，我的上——帝啊！噢，我的上——帝啊！噢，我的上——帝啊！」

這時，湯姆猛地抬起頭，呆滯地掃了車行一眼，含糊不清地對警察說了一串話。

「馬，弗——」警察唸著：「奧——」

「不對，洛。」一個男人更正道：「馬，弗，洛——」

「聽著！」湯姆粗暴地說。

「盧，」警察說：「洛——」

「洛——」

「洛——」湯姆的大手落在警察肩膀上，對方抬起頭看他。「老兄，你想幹嘛？」

「出什麼事了？我想知道出了什麼事。」

「有輛車子撞了她，當場就死了。」

「當場死了。」湯姆重複道。

「她跑到路中央，那輛狗娘養的車連停都沒停下來。」

「有兩輛車。」米凱利斯說：「一輛過來，一輛過去，這樣懂嗎？」

「去哪裡的車？」警察機敏地問道。

「兩輛車方向相反。嗯……她，」他抬起手指向毯子那邊，抬到一半又停下來，放回自己身旁。「她跑了出去，從紐約方向開來的那輛車直直地撞上她，時速有三、四十英哩。」

「這個地方叫什麼？」警察問道。

「這地方沒有名字。」

一個臉色暗淡、衣著得體的黑人走上前來。

「是一輛黃色的車，」他說：「一輛很大的車，新車。」

「你有看到車禍怎麼發生的嗎？」

「沒有，不過那輛車從我身邊開過去，車速超過四十，應該有快五、六十英哩。」

「過來，告訴我名字。讓開，我要把他的名字記下來。」

這段話一定有幾個詞傳到了威爾遜耳邊，他站在辦公室門口，身體搖晃著，他的哀號中出現了一個新主題：「不用告訴我那是什麼車！我知道那輛車是什麼車！」

我盯著湯姆，看見他肩後那團肌肉在他上衣下綳緊起來。他急忙走向威爾遜，站在他面前，用力抓住他上臂。

「你要冷靜下來。」他的聲音裡有一種粗獷的安慰。

威爾遜的目光落到湯姆身上，他嚇得踮起腳尖，要不是湯姆扶住他，他可能就要跪倒在地上了。

「聽著，」湯姆輕輕搖著他說：「我剛從紐約回來，我給你帶來我們說過的那輛小轎車。今天下午我開的那輛黃色車子不是我的，你聽到了嗎？我整個下午都沒看見那輛車。」

只有站在一旁的黑人和我聽得見他在說什麼，但那個警察從他的聲音裡聽出不對勁，嚴厲地朝這邊看。

「你說什麼？」他質問道。

「我是他朋友。」湯姆轉過頭去，他的手仍緊緊抓住威爾遜的身體。

「他說他認識那輛撞人的車……是輛黃色的車。」

警察心裡湧起一股模糊的衝動，他懷疑地看著湯姆。

「你的車是什麼顏色？」

「藍色，小轎車。」

「我們剛從紐約來。」我說。

一位剛跟在我們後面不遠處的司機確認了這一點，警察轉過身。

「好吧！那讓我再把那個名字寫正確——」

湯姆把威爾遜像玩具一樣拉起身來，半拉半抬到辦公室裡，放到椅子上，再走出來。

「誰進去裡面陪陪他！」他威嚴地厲聲喊道。他張望著，兩個站得離他最近的人面面相覷，不情願地走進了房間。湯姆把門關上，走下一個臺階，目光避開了那張桌子。他走近我身邊小聲地說：「我們走吧！」

他用那強而有力的胳膊推開仍在圍觀的人群，打開一條路，我們不自在地穿了過去。一位醫生急急忙忙從我們身邊走過，拿著手提箱，他是半個小時前人們抱著希望叫來的。

湯姆開得很慢，我們拐過彎後，他腳才對著油門用力踩下去，小轎車在夜色中疾馳起來。過了一會兒，我聽見一陣低低的哭泣聲，湯姆淚流滿面。

「該死的懦夫！」他哭著說：「他連停都沒停！」

在一片黑壓壓、沙沙作響的樹林裡，布坎南家頓時浮現眼前。湯姆開到門廊前停下，抬頭看看二樓。蔓藤之中，兩扇窗戶亮著燈。

「黛西回家了。」他說。我們下車的時候，他看了我一眼，稍稍皺了皺眉頭。

「尼克，我應該在西卵鎮放你下車的，今晚我們沒別的事了。」

他身上起了某種變化，他說話的聲音比剛才更沉重，帶著決心。我們穿過月光照耀的石子路走向門廊時，他簡單的幾句話馬上就解決了眼前的尷尬。

「我打電話叫計程車送你回家，等車的時候你和喬丹最好先進廚房來，如果你們想吃點晚餐的話，我可以叫人幫你們弄點。」他打開門。

「進來吧！」

「不用了，謝謝。不過還是得麻煩你幫我叫輛計程車，我在外面等。」

喬丹把手放到我手臂上。

「尼克，你不進來嗎？」

「不了，謝謝。」

我覺得不大舒服，想一個人待著，但喬丹還想繼續逗留一會兒的樣子。

「現在才九點半。」她說。

我死也不進去了。我今天一整天看他們幾個人看夠了，這時我也把喬丹算成了「他們」。她一定是從我的表情看出我的心思，因為她馬上轉過身，跑上門廊進屋裡去了。我用手撐著腦袋坐了幾分鐘，聽見屋裡有人打電話的聲音，是管家在叫計程車。我慢慢離開房子，沿著車道走下去，想到大門口等車。

還沒走上二十碼，就聽見有人喊我的名字，蓋茲比從兩簇灌木叢中走了出來。那時我一定是精神恍惚了，因為我的腦子裡只剩下他那套在月色下閃閃發光的粉色西裝，除此之外什麼都想不起來。

「你在這裡幹嘛？」我問道。

「只是站在這，old sport。」

不知道為什麼，我覺得這行為很可恥。要不是他喊我，我說不定會以為他等會兒就要去搶劫那戶人家。如果再讓我看到更多邪惡的面孔，那些「沃爾夫山姆的人」的面孔躲在黑壓壓的灌木叢裡，我也不會太訝異。

「你在路上……有看到出了什麼事嗎？」一分鐘後他說。

「有。」

他猶豫了一下。

「她死了嗎？」

「對。」

「我也猜到了。我跟黛西說她應該死了。反正都受到了驚嚇，長痛不如短痛，一次了斷，這樣還好受點，她還承受得住。」

他這番話，就好像黛西的反應是他現在唯一關心的問題。

「我從一條小路開回西卵鎮，」他繼續說：「把車子停進我家車庫，我想沒有人看見我們。但是，當然了，我也不肯定。」

這時我已經很討厭他了，覺得完全不必再費事向他說明他錯了。

「那個女人是誰？」他問道。

「她姓威爾遜。她先生開了一間車行。這車禍他媽到底是怎麼發生的？」

「嗯，我想把方向盤轉過來——」他停住。突然間，我猜到了真相。

「是黛西在開嗎？」

「對。」過了一會兒他說：「但當然了，我會說是我在開。我們離開紐約後，她很緊張，她說如果讓她開車她就能冷靜下來——後來這個女人就衝了出來，正好我們迎面也來了一輛車，就這短短不到一分鐘的事。那個女人好像想跟我們說話，覺得我們認識她。黛西先把車從那個女人那轉向那輛來車，但是她慌了，又轉了回去。我的手才剛碰到方向盤就突然劇烈一震，一定是當場撞死了她。」

「撞得血肉模糊——」

「別告訴我，old sport。」他縮了一下。「反正——黛西繼續踩了油門。我叫她停下來，但是她不停，我只好拉了緊急剎車，她暈倒在我腳上，我便把方向盤接過來開走了。

「她明天就會好的。」過了一會兒他說：「我只是想在這裡等等，看湯姆會不會因為今天下午那件不愉快的事情煩她。她把自己鎖在房裡，如果他有什麼野蠻的舉動，她就會把燈關上再打開，這是我們的暗號。」

「他不會碰她的，」我說：「他現在想的不是她。」

「我信不過他，old sport。」

「你要等到什麼時候？」

「一整夜，如果有必要的話。反正就是等到他們都睡著。」

我又有了一個新念頭。如果湯姆發現是黛西開的車，他一定會覺得這之中必有關聯，他會什麼都去懷疑。我看著那棟房子，樓下有兩、三扇明亮的窗戶，二樓黛西房裡映出粉紅色的亮光。

「你在這裡等著，」我說：「我去看看有沒有吵鬧的跡象。」

我沿著草坪邊走回去，輕聲穿過石子道，踮起腳尖走上門廊的臺階。客廳的窗簾是拉開的，裡面沒有人。我接著穿過三個月前那個六月的晚上我們一起共進晚餐的餐廳，來到一小塊長形的燈光前，我猜那是廚房的窗戶。窗簾是拉下的，但我在窗臺上找到了一個縫隙。

黛西和湯姆面對面坐在裡面的桌子旁，兩人中間放著一盤冷炸雞和兩瓶啤酒。他正認真地對她說話，熱切地把自己的手放到她的手上。她不時抬起頭來看他，並點頭表示同意。

他們沒有高興的情緒，兩人都沒動炸雞和啤酒——不過也沒有不愉快的氣氛。這幅畫面確實有種自然的親密氛圍，旁人看到或許會覺得他們正在一起密謀著什麼。

我踮著腳尖從門廊走回去的時候，聽見我的計程車正沿著漆黑的車道摸索開來的聲音。蓋茲比還在我剛才離開他的地方站著。

「上面還安靜嗎？」他急切地問。

「嗯，很安靜。」我猶豫了一下說：「你最好也回家睡覺吧！」

他搖搖頭。

「我要等黛西睡了再回去。晚安，old sport。」

他兩手插在上衣口袋裡，急切地轉身察看那棟房子，彷彿我的存在破壞了他神聖的守望。於是我走開，留下他繼續站在月光裡——守望著虛無。

8

我整夜睡不著。霧笛在海灣上沒完沒了地嗚嗚作響，我好像生病似的，在醜陋的現實和野蠻而可怕的夢境中輾轉反側。黎明將近時，外頭傳來計程車開上蓋茲比家車道的聲音，我馬上跳下床開始換衣——我感覺我有事情要告訴他，有事要警告他，等到早上再說就太遲了。

我穿過他家草坪，看見他家前門敞開著，他在大廳裡靠著一張桌子站著，整個人因為沮喪和疲憊顯得陰沉沉的。

「什麼事也沒發生。」他滿臉倦容地說：「我一直等，大概四點的時候，她來到窗前站了一會兒，然後把燈關掉。」

那天晚上我們在他那些大房間裡找香菸的時候，我第一次感覺到他房子的龐大，從來沒有過的龐大。我們推開帳篷布一般的窗簾，沿著無窮無盡的漆黑牆壁摸索著電燈開關，有一次我還砰的一聲倒到幽靈般的鋼琴琴鍵上。滿屋子都是莫名其妙的塵土，房間都發霉了，彷彿有好一陣子都沒有空氣流通一般。我在一張沒見過的桌子上找到了雪茄盒，有兩根腐皺、乾巴巴的香菸在裡頭。我們打開客廳的落地窗，坐下對著屋外的黑夜抽起菸來。

「你得離開這裡。」我說：「他們會追查你的車子，這是肯定的。」

「離開這裡，現在嗎？」

「到大西洋城待上一個星期，或是到蒙特里去。」

他不會考慮我的建議的，他不可能把黛西留在這裡，除非他知道她接下來打算怎麼做。他還緊抓著最後一絲希望不放，我也不忍心讓他撒手。

就是那個晚上，他跟我講起他年輕時和丹．科迪一起的離奇故事。他會告訴我，是因為「傑．蓋茲比」這個名字已經在湯姆強硬的惡意下像玻璃一般被擊得粉碎，而那齣漫長的祕密奢華劇也演完了。我以為他這時可以毫無保留地坦承一切，但他只想談黛西。

黛西是他認識的第一個「好女孩」。他以前也曾經以各種未透露的身分接觸過這樣的女孩，但他總覺得有一層無形的紗隔在中間。他為她著迷。剛開始時，他還只是和泰勒營裡其他軍官一起到她家去，後來慢慢就變成獨自前往了。她家讓他驚歎——他以前從來沒有走進過這麼漂亮的房子。然而，這裡之所以有一種讓他屏息的強烈氣氛，全是因為黛西住在這裡。儘管對她而言，這裡就和他住在軍營的帳篷裡一樣平常。這棟房子有一種成熟的神祕感，彷彿在暗示著樓上有許多比其他地方還要更美麗、更涼爽的臥房，走廊裡充滿了歡聲笑語、賞心悅事，以及羅曼情史——不是那些發了霉、躺在薰衣草下的歷史，而是鮮活、有血有肉的故事，就像那些閃閃發亮的新車、那些鮮花仍未凋零的舞會。許多男人都愛過黛西，這也讓他興奮，加重了她在他眼中的價值。他感覺屋裡處處都有他們的存在，空氣中瀰漫著那些感情的回聲和陰影——它們至今仍悸動著。

然而他知道，他能去黛西家，純粹是出於偶然。儘管他作為傑．蓋茲比可能有著光明璀璨的前程，但他那時還只是一個涉世未深、口袋沒有幾毛錢的年輕人，他那身軍服，那件隱形的外衣隨時都有可能從他肩膀上滑落。因此，他努力利用自己的時間。他狼吞虎咽、肆無忌憚地取走他能得到的所有東西，終於，在一個寂靜的十月夜晚，他得到了黛西——得到了她，卻沒有真正的權利去觸摸她的手。

也許他應該鄙視他自己。因為他確實是用了欺騙的手段才得到她。我不是說他利用那虛無的百萬財產，而是他故意為黛西創造出一種安全感：騙她相信他的出身與她無異，相信他完全有能力照顧她。但事實上他沒有這樣的能力——他沒有優越的家世背景，只要不近人情的政府隨便一個命令，他就會被發派到世界上任何一個地方去。

但是他沒有鄙視自己，事情也並非他所想像的那樣。他很可能打算能得到多少就要多少，然後轉身走人——只是當他再回神時，自己已經獻身在這長期的理想中了。他知道黛西很特別，可是他不瞭解一個「好女孩」能夠特別到什麼程度。她消失在她那棟豪宅中，消失在她寬裕、美滿的生活裡，為蓋茲比留下的是虛無。他感覺自己許給了她，僅此而已。

兩天後，當他們再見面時，蓋茲比心慌意亂，不知怎地覺得自己受到了欺騙。她家的門廊在奢華的星光中閃耀，當她轉過身讓他親吻她那可愛的小嘴時，長靠椅上的柳條跟著吱嘎作響。她感冒了，聲音聽上去比任何時候都更沙啞、更動聽。這個時候，蓋茲比切身地體會到財富如何禁錮且保存了青春和神祕，體會到那一身身華服如何讓人永遠清新動人，體會到黛西像白銀一般閃閃發光——在窮人激烈的生存鬥爭之上，安全而高傲地活著。

「我沒辦法向你描述當我發現自己愛上她的時候有多驚訝，old sport。有一陣子我甚至希望她把我甩掉，但是她沒有。因為她也愛我。她覺得我懂很多，因為我懂的東西跟她懂的不一樣……我當時就是這樣，把雄心壯志擺到一邊，在愛情裡越陷越深。突然間，卻又什麼都不在乎了！如果我只要告訴她自己打算做些什麼，就能這麼快樂，我又何必真的去幹什麼大事業呢？」

蓋茲比出國前的最後一個下午，他摟著黛西默默坐了很久。那是一個寒冷的秋日，屋裡生著火，她的臉頰紅通通的，她的身子不時動一下，他就稍稍變換手臂的姿勢適應她，有一次他吻了她那烏黑亮麗的頭髮。那天下午他們平靜地度過，似乎在為彼此留下一個深刻的記憶，也給第二天開始的漫長離別一個交代。她不留痕跡地用嘴唇拂過他大衣肩頭，他則輕輕地撫摸著她的指尖，彷彿她睡著了一般——在他們相愛的這個月裡，他們從來沒有像此刻這樣親密過，也沒有像此刻這樣明白對方的心。

他在戰場上的表現非常出色。還沒上前線就已經當上上尉，阿貢戰役後他晉升少校，成為師裡機槍連連長。停戰之後，他瘋狂地想回去，但是當時情況複雜，又因為誤會，他被送進了牛津大學。這時他開始擔心了，因為從黛西的信中流露出她緊張而絕望的情緒，她不明白為什麼他還不回來。她開始感受到外界的壓力。她想見他，想感覺他就在自己身邊，想確定自己做的事是正確的。

畢竟那時的黛西還很年輕，她那虛偽的世界裡充滿了蘭花的芬芳、勢利的愉悅和樂隊的歡歌，正是那些樂隊定下當年的基調，用新的旋律總結人生所有憂傷和啟示。薩克斯風哀訴著，吹奏出《比爾街爵士樂》的無望曲調，一百雙金銀舞鞋揚起閃亮的塵土。下午喝茶時，總有一些房間隨著這低沉而甜蜜的熱烈節奏不停地震顫，女孩們新的面孔一會兒飄到這兒，一會兒飄到那兒，就像被哀怨的薩克斯風吹落一地的玫瑰花瓣。

在這個以夜色為背景的世界裡，黛西隨著社交季節來臨忙碌起來，忽然間她每天又有了五、六場約會，和五、六個男人見面，直到黎明才昏昏入睡。晚禮服的珠子、薄絲綢和凋零的蘭花纏在了一起。這一整個時期，她的內心一直渴望做出一個決定，她想完成自己的終身大事，馬上就完成，而且必須由眼前某種力量去推動她做出這個決定——愛情、金錢的力量，實實在在的東西。

在春季的繁盛時期，那股力量隨著湯姆．布坎南的到來成形了。他的身材、地位都很有份量，黛西也覺得很有面子。毫無疑問，她經歷了一番掙扎，但後來又感到如釋重負。蓋茲比收到那封信的時候人還在牛津大學。

這時，長島已是黎明，我們將樓下所有窗戶打開，整棟屋子頓時充滿了漸漸變白、變得金黃的亮光。一個樹影突然落在露珠上，幽靈般的鳥兒開始在藍色的樹葉間歌唱。空氣中藏有一種緩慢、愉悅的動靜，不是來自風的吹動，但預示著一個涼爽宜人的好天氣。

「我覺得她從來沒有愛過他。」蓋茲比從一扇窗前轉過身來，用挑戰的眼神看著我說：「Old sport，她那天下午很激動，他對她說的那些話嚇到她了，他把我說成一個下流的騙子，把她嚇得都不知道自己說了些什麼。」

他憂鬱地坐下來。

「當然，她可能愛過他短短一陣子，他們剛結婚的時候。但即使是在那時，她都愛我更多，你明白嗎？」

接著他說了一句奇怪的話。

「算了，」他說：「這只是件私事。」

除了猜想他對這件「私事」有著某種旁人無法理解的強烈感情之外，我還能怎麼解釋這句話呢？

他從英國回來之後，湯姆和黛西還在度蜜月。他痛苦而無法控制地花掉最後的軍餉去了一趟路易斯維爾。他在那裡待了一個星期，走遍了他們在那個十一月的夜晚並肩走過的街道，重訪了當年他們開著她那輛白色跑車去過的偏遠地方。在他眼中，黛西家的房子總是比其他房子有著更多神祕和歡樂，即使她現在已經不在路易斯維爾，他仍覺得這座城市瀰漫著一股憂鬱之美。

他離開了，他相信如果自己更努力地去找，便可能找到她——但是他留下她，自己走了。他身無分文，只能坐三等車。車廂裡很熱，他走到敞開的通廊上去，坐在一張折疊椅上，看著車站向後溜走，看著陌生的建築物一一遠去。火車駛進春天的田野，一輛黃色電車跟它並排疾馳了一會兒，電車裡的人可能曾無意間在街上看過她那張蒼白迷人的臉龐。

鐵軌拐了一個彎，現在他背對著太陽。太陽落下，彷彿是在將祝福鋪向這個正在消失的、她曾生活過的城市。他絕望地伸出手，想抓住一縷空氣，存留一個碎片——在他心中，這個城市因她而可愛。但是他淚眼朦朧……這一切都跑得太快了，他知道自己已經失去了那一部分，永永遠遠地失去了那最新鮮、最美好的部分。

我們吃完早餐，走到門廊的時候，已經九點了。一夜之間天氣變了，空氣中飄起秋天的味道。那個園丁，蓋茲比家原本的最後一個傭人，走到臺階前說：

「蓋茲比先生，我今天得把游泳池的水放了。葉子很快就會落下來，會堵住水管。」

「今天不要弄了。」蓋茲比回答道，帶著歉意轉向我說：「你知道，old sport，這整個夏天我都還沒用過那個游泳池……」

我看看錶，站起身來。

「離我那班車還有十二分鐘。」

我其實不想去城裡，我沒有心思認真工作，但這不是全部的原因——

我不想離開蓋茲比。我誤了那班車，又誤了下一班，才起身離開。

「我再打電話給你吧！」我最後說。

「打給我，old sport。」

「我中午的時候打給你。」

我們慢慢走下臺階。

「我想黛西也會打給我的。」他焦急地看著我，好像希望我能幫他確認這一點。

「我也覺得她會打的。」

「嗯，再見。」

我們握握手，我慢步離去。走到樹籬的時候，我突然想起了什麼，於是轉過身去。

「他們是一群混蛋！」我隔著草坪對他喊道：「他們那群人全部加起來都比不上你！」

我一直很慶幸當時說了那句話。那是我對他說過的唯一一句讚美，畢竟我從頭到尾都沒有贊成過他。剛開始他只是禮貌地點點頭，接著他臉上綻放出那種容光煥發的會心微笑。他那件華美的粉色西裝在白色臺階的相襯下顯得特別鮮豔，我想起了第一次來到他這棟豪宅時的情景，那是三個月前——當時他的草坪和車道上擠滿了猜測著他是靠什麼罪行賺得大錢的面孔，而他就站在臺階上，隱藏著他那無罪的夢想，揮手向他們道別。

我用那句讚美感謝他對我的招待，我們總是為了這事向他致謝——我，或者其他人都一樣。

「再見！」我喊道：「早餐很不錯，蓋茲比。」

進城後，我試著抄了一會兒股票行情，便在旋轉椅上睡著了。快到中午的時候，電話聲把我吵醒，我起身去接，前額上汗珠直冒，是喬丹・貝克。她總在這個時間打電話給我，因為她的行蹤飄忽不定，出入酒店、俱樂部或私人豪宅，我很難找到她。她的聲音從電話裡傳來總是清新動聽，就像在碧綠的高爾夫球場上削起一塊草皮，悠悠地飄進辦公室門口，但這天上午她的聲音聽起來卻生硬枯燥。

「我離開黛西家了。」她說：「我在海普斯特德，下午要去索斯安普頓。」

或許離開黛西家是很識相的，但她到處晃蕩的做法卻讓我不太高興。

她下一句話讓我更生氣。

「你昨天晚上對我不是很好。」

「昨天那種狀況，有什麼關係呢？」

我們沉默了一會兒，接著她說：「算了，我想見你。」

「我也想見你。」

「那我就不去索斯安普頓了，下午我進城去吧？」

「不——今天下午不行。」

「好吧！」

「今天下午真的不行。很多——」

我們就這樣說了一會兒，然後突然間我們都不說話了。我不知道最後是誰啪的一聲掛掉電話，但我已經不在乎了。我那天是不可能跟她坐在茶桌上面對面聊天的，就算她從此不再跟我說話，也不可能。

幾分鐘後，我打電話給蓋茲比，但線路在忙。我一連打了四次，最後一個不耐煩的接線員告訴我，這條線路正在等一通從底特律打來的長途電話。我拿出火車時刻表，在三點五十分那班車上畫了個小圈圈。然後靠回椅子上，試著思考一下。現在剛到中午。

那天上午，當我坐的火車駛過灰燼之谷的時候，我故意走到車廂另一邊去。我想那裡一定整天聚集著一群好奇的人，小男孩們在塵土中尋找黑色的血跡，嘮叨的人會一遍又一遍地講著那天發生的事，直到他們自己都覺得越來越不真實而不再講下去，然後梅朵·威爾遜的悲慘結局也就被世人給遺忘了。現在我想倒回去一點，講講那天晚上我們離開之後，車行裡發生了什麼事。

他們好不容易才找到梅朵那個叫凱薩琳的妹妹。那天晚上她肯定破了不喝酒的規矩，因為她到車行的時候，整個人醉得糊里糊塗的，不知道載著遺體的救護車已經開到弗勒興區去了。等她弄明白整件事之後，她就立刻暈了過去，好像整件事最讓她難受的就是這一步。有個人出於好心，也可能是出於好奇，開車載她跟在她姊姊的遺體後面。

午夜過去很久，人群還不停地聚集過來，擠在車行前面。喬治·威爾遜坐在車行裡的沙發上，前後擺動著。有一陣子，車行辦公室的大門敞開，經過的人都忍不住朝裡面看。最後有人出來說這樣做太過分了，便把門給關上。米凱利斯和其他幾個男人陪著威爾遜，起初是四、五個人，後來剩下兩、三個人。米凱利斯不得不讓最後一個留下來的陌生人再等上十五分鐘，讓他回去店裡煮一壺咖啡。之後，他便一個人在那陪著威爾遜直到黎明。

大約三點的時候，威爾遜不連貫的嘟噥聲起了變化——他變得安靜一些，開始談起那輛黃色車子。他宣稱自己能找出那輛黃色車子的主人，接著又突然說起兩個月前他妻子有一次從城裡鼻青臉腫地回來的事。

不過，當他聽到自己說出這事的時候，他先退縮了一下，又大哭起來。「噢，我的上帝啊！」他哀號道。米凱利斯笨拙地想轉移他的注意力。

「喬治，你結婚多久？好啦！安安靜靜地坐一會兒，回答我的問題，你結婚多久了？」

「十二年。」

「有沒有孩子？來，喬治，安靜坐會兒，我在問你問題呢！你有孩子嗎？」

棕色的硬殼甲蟲不停撞擊著暗淡的燈光，每當米凱利斯聽見一輛車子從外面疾馳而過的聲音，總會覺得那就是幾個小時前沒有停下來的那輛車。他不想到車行外去，因為工作臺上放過屍體，血跡斑斑。他不安地在辦公室裡走來走去——早上他就已經把屋裡每樣東西都看過一遍了。他不時坐回威爾遜身邊，試著讓他安靜下來。

「喬治，你會不會偶爾上個教堂呢？或者有沒有你很久沒去的教堂？我可以打個電話請牧師過來跟你說說話，好嗎？」

「我都沒有。」

「你應該要有個教堂的，這時候就有用了。你以前一定去過教堂，你不是在教堂結婚的嗎？聽著，喬治，聽我說，你不是在教堂結婚的嗎？」

「那是很久以前的事了。」

他努力回答著問題，打破了他在椅子上搖擺的節奏，他沉默了一會兒，那半清醒、半迷惑的神情又出現在他無神的眼睛裡。

「看看那邊的抽屜。」他指了指桌子。

「哪個抽屜？」

「那個抽屜——那個。」

米凱利斯打開離他們最近的那個抽屜，裡面只有一條貴重的小狗皮鍊，是用牛皮和銀絲帶做成的，看起來很新。

「這個嗎？」他拿起來問道。

威爾遜盯著，點點頭。「我昨天下午找到的。她想告訴我它的來由，不過我知道這裡頭一定有蹊蹺。」

「你是說——這是你太太買的嗎？」

「她用紙包起來放在梳妝臺上。」

米凱利斯看不出這之中有什麼異樣，他向威爾遜說了十幾個理由，來解釋他妻子為什麼會買這條狗皮鍊。但是不難想像，威爾遜已經從梅朵那裡聽過其中一些同樣的理由了，因為他又開始小聲地喊道：「噢，我的上帝啊！」他的安慰者本來還有幾個解釋想說，這會兒也只好吐露到空氣中了。

「然後他就殺了她。」威爾遜說，他的嘴巴突然張得大大的。

「誰殺了她？」

「我會找出來的。」

「你已經不正常了，喬治。」他的朋友說：「你受了刺激，不知道自己在說什麼，你還是先安靜地等到天亮吧！」

「他殺了她。」

「那是個意外，喬治。」

威爾遜搖搖頭。他的眼睛瞇了起來，嘴巴稍稍張開，不以為然地輕輕哼了一聲。

「我知道。」他肯定地說：「我一向最相信別人，不會編什麼故事來傷害任何人，但是如果我覺得事情不對勁，那就不會錯。那輛車裡就是那個男人，她跑出去想跟他說話，但是他沒有停下來。」

米凱利斯也看到這個情況了，但他聽不出其中有什麼特殊的含義。他覺得威爾遜太太只是想從她先生那裡逃開，而不是想攔下某一輛車子。

「她怎麼可能那樣呢？」

「她這個人心機很重，」威爾遜說，似乎這就是問題的答案。「啊——啊——啊——」

他又開始搖動起身子，米凱利斯站在一旁，把玩著那條狗皮鍊。

「也許你有什麼朋友，我可以打電話給他們，請他們過來幫幫忙？」

這是一個渺茫的希望——他幾乎可以肯定威爾遜一個朋友都沒有，他連自己的妻子都應付不來。過了一會兒，他看到屋子有了變化，窗外天色漸漸轉藍，他很高興，他知道黎明不遠了。五點左右，外頭天色更藍了，已經可以關掉屋裡的燈了。

威爾遜呆滯的目光轉向外頭的灰土堆，土堆上方灰色的雲朵呈現奇怪的形狀，在黎明的微風中急徐地飄來飄去。

「我跟她談過。」他沉默了很久才說出話來。「我告訴她，她可以騙我，但是她騙不了上帝。我把她帶到窗前，」他費力站起身，走到窗戶旁，臉緊貼在窗上。「我說：『上帝知道你做了什麼，上帝知道你做的一切。你可以騙我，但是你騙不了上帝！』」

米凱利斯站在他身後，驚訝地看著他。他正盯著艾科堡醫生的眼睛，那雙巨大無比卻暗淡無光的眼睛，剛從消散的夜色中浮現。

「上帝看見一切。」威爾遜又說了一遍。

「那只是個廣告招牌。」米凱利斯告訴他。他不知為何從窗邊轉過身，茫然地朝屋裡看。後來，威爾遜繼續在窗邊站了很久，他的臉緊貼著玻璃窗，對著太陽的曙光點頭。

早上六點，米凱利斯已經精疲力盡了，幸好看到有輛車在車行外停了下來，是昨晚其中一位守夜的人，他答應過會再回來。於是米凱利斯做了三人份的早飯，和那個人一起吃了。看威爾遜安靜一些，米凱利斯就先回家睡覺。四個小時後他醒過來，匆忙地回到車行，卻發現威爾遜不見了。

他的行蹤——他一路都是步行過去的——我們後來聽說，他先走到羅斯福港，再到蓋德山，在那裡買了個三明治，但是沒吃，又買了一杯咖啡。他一定很累，走得很慢，因為中午他還沒到蓋德山。到此為止還有人可以為他的行蹤做出交代——幾個男孩看到一個「行為瘋癲」的男人，還有幾個開車的人說他在路邊用奇怪的眼神盯著他們看。之後的三個小時，人們就沒再見到他了。根據威爾遜對米凱利斯說過的話「他會找出來的」，警方猜測他在那段時間走遍了各家車庫，去找一輛黃色的車。可是，沒有幾家車行的人看見他走近過。或許，他有一個更簡單、更可靠的方法可以尋到他想找的東西。兩點半，他來到西卵鎮，問別人蓋茲比家怎麼走。那時他已經知道蓋茲比的名字了。

稍早兩點的時候，蓋茲比穿上他的泳衣，留話給管家：如果有人打電話來，就到游泳池找他。他先去車庫拿了夏天曾供客人娛樂用的橡皮墊子，司機幫他把墊子打足了氣。接著他又吩咐司機，無論任何情況，都不能把那輛敞篷車開出來——司機覺得很奇怪，因為車子右前方的擋泥板看起來需要修理。

蓋茲比把墊子扛在肩上，朝游泳池走去。中間他停下來挪動了一下，司機問他要不要幫忙，但他搖搖頭，一會兒後便消失在葉子正變黃的灌木叢中。

沒有人打電話來，管家也沒睡午覺，一直等到四點——等到即使有電話打來，也沒有人再需要被告知了。我想蓋茲比並不認為會有電話打來，而他也已經無所謂了。如果真是這樣——他肯定清楚地知道，自己已經失去了那個往日的溫暖世界，守著一個夢想太久，付出了太高的代價。他一定透過令人害怕的樹葉仰望到一片陌生的天空，感到一陣毛骨悚然；他突然發現一朵玫瑰多麼怪誕，而陽光照在剛冒出來的小草上，又是多麼殘忍。這是一個新的世界，物質的世界，但並不真實。可憐的鬼魂，呼吸著空氣般的夢，四處遊走……就像那個灰濛濛、奇怪的人穿過雜亂的樹木向他遊走過來一樣。

司機——沃爾夫山姆手下的人——聽到了槍聲，事後他說他當時並沒有很注意那裡的狀況。我從車站直接開車回到蓋茲比家，等我匆忙衝上前門臺階，屋裡的人才意識到出事了。雖然我認為他們一定已經知道了。我們四個人，司機、管家、園丁和我，一言不發地趕到游泳池去。

游泳池的水面上，有一絲輕微的、幾乎看不出的流動，一頭流放出來的清水匆匆流向另一頭的排水管。隨著小小的漣漪，那只負重的橡皮墊子在池水裡四處盲目漂蕩。微風不足以吹皺水面，卻足以擾亂水上那載了意外重量的突發路線。一簇落葉緩慢地繞著墊子旋轉，像經緯儀的指標一般，在水面上描繪出一道細細的紅圈。

我們將蓋茲比抬進屋裡，園丁在離草坪不遠的地方發現威爾遜的屍體，這場大屠殺就這麼結束了。

9

事隔兩年，我回想起那天接下來的情況，那一夜，以及隔天，只記得一批又一批的警察、攝影師和新聞記者從蓋茲比家前門進進出出。大門外用一根繩子圍住，旁邊站了警察，不讓看熱鬧的人進來，但男孩們很快就發現可以從我家院子繞進去，因此總有幾個孩子目瞪口呆地擠在游泳池一旁。那天下午，一個看上去自信滿滿的傢伙，可能是個偵探，在他彎下身察看威爾遜的屍體時，用了「瘋子」這個字眼，他這不經心卻權威式的斷言意外地為第二天的早報標題定下了基調。

那些報導大都寫得一塌糊塗——搞得離奇古怪、寫法捕風捉影、描述用詞誇張，當然沒有一件屬實。當米凱利斯在驗屍報告的證詞上說出威爾遜對他妻子的懷疑後，我還以為整個故事很快就會被八卦小報加油添醋地寫出來，可是——凱薩琳，那個原有機會火上加油的女子，保持了沉默。她表現出一種驚人的魄力——她描畫過的眉毛底下一雙堅定的眼睛看著驗屍官，發誓道：她姊姊從沒見過蓋茲比，她姊姊和威爾遜生活得非常幸福，她姊姊不可能做出什麼逾矩的行為。她說得連自己都要相信了，用手帕捂著臉哭了起來，好像連問她這個問題都讓她無法忍受。最後，威爾遜被判定是「因為悲傷過度而精神錯亂」，整件事也因此保持了最單純的樣貌。這個案子就此告一段落。

然而，相較於整件事，這個判定顯得遙遠且無關緊要。我發現自己就像是蓋茲比的親友代表，而且整個代表團只有我一個人。從我打電話到西卵鎮報案的那一刻起，每一個關於他的揣測，每一個接踵而來的現實問題，都會找上我。剛開始我既驚訝又困惑，看著他躺在自己的屋裡，沒有動靜、沒有呼吸、一語不發，時間一點一點地過去，我才漸漸明白自己之所以會被當成這事的負責人，是因為除了我之外，沒有人對此感興趣——我這裡說的感興趣，是指每個人死後，或多或少理應有什麼人真切地前來關心，不是嗎？

發現蓋茲比的屍體半個小時之後，我馬上打電話給黛西。我會打給她是出於本能，沒有多想。但是她和湯姆當天下午很早就出去了，還帶了行李。

「沒有留地址嗎？」

「沒有。」

「有說什麼時候回來嗎？」

「沒有。」

「你知道他們可能在哪裡嗎？我要怎麼找到他們？」

「我不知道，很難說。」

現在，我強烈地想為蓋茲比找到人來參加葬禮，送他最後一程。我想衝進他躺著的房間裡，向他保證：「我會為你找到人來的，蓋茲比。別擔心，相信我，我會為你找到人來的——」

梅爾．沃爾夫山姆的名字沒有登錄在電話簿裡。蓋茲比的管家給了我他在百老匯辦公室的地址，我打到電話局詢問處，等我終於問到電話號碼時，已經過了下午五點，辦公室沒有人接電話。

「可以請你再接一次線嗎？」

「我已經接第三次了。」

「這件事很重要。」

「對不起，但那裡恐怕沒人。」

我走回客廳，剎那間，我恍惚地以為屋裡的人們是那些從前隨性造訪的賓客，其實是突然湧進的警察。他們掀開被單，用驚恐的眼神看著蓋茲比，同時我彷彿聽到蓋茲比的抗議聲：

「我說——old sport，你一定得為我找到人來。你得想盡辦法。我總不能真的孤孤單單地走吧！」

警察開始問我問題，但我心念一轉，離開房間跑上樓，急忙地翻找著他書桌沒有上鎖的抽屜，因為我想起來，他沒有親口說過雙親已逝。但是我什麼也沒找到，只有丹．科迪的照片，那段被人遺忘的狂野生活的象徵，從牆上靜靜地向下凝視著。

隔天早上，我請管家帶一封信到紐約給沃爾夫山姆先生，除了向他打探消息，也請他務必要搭下一班火車過來。我寫信的時候覺得這個請求應該沒有必要，我肯定他一看到報紙就會馬上趕來，正如我中午之前相信黛西一定會來電報一樣——但是她沒有，沃爾夫山姆先生也沒有。除了更多的警察、攝影師和新聞記者，沒有任何人來。當管家把沃爾夫山姆先生的答覆拿給我時，我感到自己開始輕視起什麼，而且是我和蓋茲比之間一起共有著這份鄙視，以對抗他們所有人。

親愛的卡羅威先生：

這個消息讓我震驚萬分，我不敢相信這是真的。那個人做出如此瘋狂的舉動，很值得我們深思。我現在無法過去，因為我還有重要事務在身，不能跟這件事發生牽連。過一陣子，如果有什麼我可以幫忙的地方，請派愛德格送信給我。聽到這件事後，我都不知道自己身在何處，只覺得一切天昏地暗。

您忠實的

梅爾．沃爾夫山姆

下方又匆匆地添了一句：

請通知我關於葬禮的安排，還有，我不認識他家人。

那天下午電話響起，說是從芝加哥打來的長途電話，我心想——黛西總算打來了吧！可是話筒裡卻是一個男人的聲音，很遙遠的聲音。

「我是史萊格……」

「什麼事？」我沒聽過這個名字。

「真沒想到，對吧？收到我的電報了嗎？」

「什麼電報？沒收到。」

「小派克有麻煩了！」他說得很急。「他在櫃臺拿出債券的時候被他們逮住了。五分鐘前他們才剛從紐約收到消息，拿到債券的編號，誰想得到這種事啊？在這種鄉下地方你根本想不到——」

「哈囉！」我急切地打斷他。「聽著，我不是蓋茲比先生，蓋茲比先生死了。」

電話那頭沉默了好久，接著是一聲驚叫……然後咯的一聲，電話就斷了。

我記得應該是第三天的時候，從明尼蘇達州的一個小鎮發來一封署名為亨利．蓋茲的電報。上面只說發電報的人會馬上出發，要求等他到了之後再舉行葬禮。

是蓋茲比的父親。他是個肅穆的老人，非常無助，神情沮喪。在這個暖和的九月天裡，他身上裹了一件廉價的長外套，因為情緒激動而不停地流著眼淚，我從他手中將行李和雨傘接過來之後，他便開始撫摸起他那稀疏灰白的鬍子，以安撫心中翻騰的思緒。我好不容易才幫他脫下外套，他看起來就快要撐不住了，於是我把他帶到家裡的音樂廳，讓他坐下，派人去拿點吃的東西。但是他不肯吃，杯裡的牛奶從他顫抖的手中濺了出來。

「我在芝加哥的報紙上看到的，」他說：「報紙全登出來了。我馬上就出發了。」

「我不知道要怎麼聯繫您。」

他的眼神一片茫然，不停地朝屋子四處張望。

「那人是個瘋子，」他說：「他一定是瘋了。」

「您要喝點咖啡嗎？」我勸他。

「我什麼都不要，我現在很好，我要怎麼稱呼你……」

「卡羅威。」

「噢，我現在很好。他們把吉米[13]放到哪兒了？」

我帶他到客廳放著他兒子的地方，然後離開。幾個小男孩爬上臺階，望著裡面的大廳，等我告訴他們來的人是誰之後，這些孩子也默默地離開了。

過了一會兒，蓋茲先生打開門走出來，他嘴巴微微張開，臉頰有點發紅，眼眶裡含著幾滴淚水。他已經到了不會再為死亡驚恐的年紀。這時，他才開始審視這棟房子，看見富麗堂皇的門廳，看見一間間大房間從這裡延展出去，他的悲傷和驕傲交織在一起。我扶著他走到樓上臥房，他脫下大衣和背心，我告訴他所有安排都延遲了，就等他過來決定。

「我不知道您打算怎麼安排，蓋茲比先生——」

「我姓蓋茲。」

「蓋茲先生，我想也許您想把遺體運回西部。」

他搖搖頭。

「吉米一直都喜歡東部。他是在東部努力爬到今天這個位子。你是我兒子的朋友嗎？先生……」

「我們很親近。」

「他有一個遠大的前程。你要知道，他雖然年輕，但是他頭腦非常聰明。」

他鄭重地用手敲敲腦袋，我跟著點頭表示同意。

「如果他活著，他一定是個了不起的人，像詹姆斯・希爾斯[14]一樣的人。他會為這個國家做出貢獻。」

「是啊！」我不自在地附和道。

他笨手笨腳地拉著繡花被單，想把它從床上扯下來，然後直挺挺地躺下去——立刻就睡著了。

那天晚上，一個很慌張的人打電話來，說他一定要先知道我是誰才肯說出自己的名字。

「我是卡羅威先生。」我說。

13 蓋茲比原名「詹姆斯」的暱稱。

14 美國鐵路大王。

「哦！」他聽起來鬆了一口氣。「我是克里普斯普林格。」

我聽了也鬆了一口氣，心想蓋茲比的葬禮似乎可以多一個朋友了。因為我不想把這事登上報紙，引來一大群看熱鬧的好事者，所以就自己一一打電話通知幾個人。但是他們很難找。

「葬禮明天舉行，」我說：「三點，在蓋茲比家。希望你能轉告有意來參加的人。」

「噢，我會的。」他急忙說：「不過我不太會見到什麼人，但只要見到我就會轉告他們。」

他的語氣讓我心生懷疑。

「你自己一定要來。」

「嗯，我一定會想辦法去的。我打電話來是——」

「等等，」我打斷他。「先說好，你一定會來，如何？」

「呃，事實上——事情是這樣的，我在格林威治這裡的朋友家，他們希望我明天能跟他們一起。他們要辦個野餐什麼的。當然了，我一定會想辦法走開。」

我忍不住發出一聲「哼」，他一定是聽見了，因為他緊張地繼續說：

「我打電話來是因為我把一雙鞋忘在他家了，不知道能不能麻煩你請管家送過來。就是那雙網球鞋，沒有它我什麼都做不了。我的地址是——」

我沒聽他說完地址，就把電話掛了。

從那之後，我開始為蓋茲比的死感到不平——有個我打電話找到的人，居然在話裡暗示蓋茲比死有應得。不過這是我的錯，他本來就只是個貪圖蓋茲比的酒，借酒壯膽後就信口亂罵的人，我本來就不應該打電話給他。

葬禮那天早上，我親自到紐約去找梅爾．沃爾夫山姆，因為我用其他方法都找不到他。我照著一名電梯工人所說，推開一扇寫著「萬字控股公司」的門。起先裡面似乎沒有半個人，在我徒勞地喊了幾次「有人嗎？」之後，從一個隔間裡傳出了爭論聲，一個漂亮的女猶太人從門後走出來，用帶有敵意的黑眼睛打量著我。

「沒有人在。」她說：「沃爾夫山姆先生去芝加哥了。」

前一句話顯然是在撒謊，因為這時有人輕聲哼起不成調子的《玫瑰經》，聲音從裡面傳來。

「請告訴他卡羅威先生要見他。」

「我現在不可能從芝加哥把他叫來，對吧？」

接著，一個毫無疑問就是沃爾夫山姆的聲音從門後傳來，喊道：「史黛拉！」

「你把名字寫好放在桌上，」她迅速地說：「他一回來我就給他。」

「我知道他在裡面。」

她向我走近一步，兩隻手生氣地在臀部兩側上下搓動。

「你們這些年輕人，以為自己隨時都能闖進來。」她厲聲說：「我們都煩透了！我說他在芝加哥，他就在芝加哥。」

我只好提起蓋茲比的名字。

「噢……啊！」她上下打量了我一番。「請稍等——您叫什麼名字來著？」

她消失了。過了一會兒，梅爾·沃爾夫山姆一臉肅穆地站在門口，伸出雙臂向我走來，把我拉進他的辦公室，用恭敬的語氣說：「這對我們所有人來說都是個悲傷的時刻。」還給了我一支雪茄。

「我還記得第一次見到他的情景。」他說：「他是個剛從軍隊退伍的少將，衣服上掛滿了他從戰場上贏得的勳章。他很窮，只能一直穿著軍服，因為他買不起便服。我第一次見到他，是他走進43號街懷恩博蘭納開的撞球場找工作。他好幾天沒吃東西了。『來，跟我一起吃午餐吧！』我說。半個小時內他就吃掉我四美金。」

「是你開始讓他做生意的嗎？」我問。

「開始讓他？應該說是我造就了他。」

「噢！」

「我把他從一個窮小子栽培起來，等於從貧民窟把他撿出來。我一眼就看出他是個人才，有紳士派頭的年輕人。當他告訴我他上過扭津大學的時候，我就知道他能派上大用場。我讓他加入美國退伍軍人協會，後來他在那裡的地位也挺高的。接著他馬上就跑到奧爾巴尼替我一個客戶辦了件事。我們一直都像這樣，什麼事都一起——」他舉起兩隻粗圓的手指說：「永遠一起。」

我想知道這種關係是不是也包含了一九一九年世界棒球聯賽的那筆交易。

「他現在走了。」過了一會兒我說：「你是他最親近的朋友，我知道你一定願意參加他今天下午的葬禮。」

「我是想去。」

「好，那就來。」

他鼻孔裡的毛微微顫動，搖搖頭，眼眶充滿淚水。

「但我不能去——我不能被牽連進去。」他說。

「沒有什麼不能被牽連進去的，一切都結束了。」

「不，只要牽涉到有人被殺害，我向來不喜歡在任何方面被牽扯進去。總之，我不介入這件事。雖然我年輕的時候不是這樣——那時只要有朋友死了，不管多麻煩，我都會奉陪到底。你可能覺得我只是在感情用事，但我真心相信該這麼做——奉陪到底。」

我看出他是真的有自己的原因才決定不來，於是我站起身。

「你上過大學嗎？」他突然問道。

有一下子我還以為他想提議跟我牽上某種「關係」，但他只是點了點頭，和我握握手。

「讓我們學著在朋友活著的時候全心相待，不要等人死了才做。」他給我這個忠告。「人死後，我的個人原則就是：讓它過去吧！」

我離開他辦公室的時候，天色已暗，回到西卵鎮時，下起了毛毛雨。

我換好衣服就到隔壁蓋茲比家去，發現蓋茲先生正激動地在大廳裡走來走去。他對他兒子，和他兒子的財物所感到的自豪正不斷地增長。現在他有樣東西急著要給我看。

「吉米寄給我這張照片。」他手指顫抖地拿出他的錢包。「看這兒！」

那是這棟房子的照片。照片四個角都裂開了，布滿指紋而顯得髒。他熱切地將這裡的每一個細節一一指給我看。「看那兒！」接著他在我眼神裡找尋羨慕的神情。他一定常常拿這張照片出來給別人看，我覺得這對他來說遠比這棟房子本身來得更加真實。

「吉米寄給我的。我覺得這張照片很好看，照得很好。」

「確實很好。你最近見過他嗎？」

「兩年前他來看過我，給我買了現在住的房子。當然，他離家出走的時候我們是斷絕了關係，但現在我知道他離開的原因了。他知道他面前還有一個遠大的前程。他成功之後一直都對我很慷慨。」

他似乎不願把照片放下，在我面前依依不捨地看了一會兒，才把錢包放回去。接著，他又從口袋裡掏出一本破破爛爛的舊書，書名叫《牛仔霍普朗・卡西迪》。

「看這個，這是他小時候的一本書，從這裡就能看出一個人。」

他打開書的封底，轉過來給我看。最後的空白扉頁上端端正正地寫著「時間表」三個字，日期是一九〇六年九月十二日，下面則是：

起床	6:00AM
啞鈴體操及攀牆	6:15-6:30
學習電子學等	7:15-8:15
工作	8:30AM-4:30PM
壘球及運動	4:30-5:00
練習演說及儀態	5:00-6:00
學習有用的發明	7:00-9:00

個人決心

不再浪費時間去沙夫特家或者（一個名字，字跡無法辨識）

不再吸菸或嚼菸

每隔一天洗一次澡

每週讀一本有益的書或雜誌
每週省下五美金三美金
要對父母更好

「我是無意間發現這本書的，」老人說：「很能看出他是個什麼樣的人，對吧？」

「的確。」

「吉米注定能成大事。他總是在下定決心。你注意到他是怎麼提升自己的嗎？他在這方面很厲害的。有次他教訓我吃東西像頭豬，我為了這話揍了他一頓。」

他捨不得闔上那本書，把每一個條目都大聲朗讀一次，然後熱切地看著我，眼神就像是希望我把這些條目都抄下來用一般。

快到三點時，路德教會的那位牧師從法拉盛到來，我開始不由自主地往窗外看有沒有別輛車，蓋茲先生也跟著我一同往外看。隨著時間的流逝，傭人們準備就緒，站在大廳裡等著，蓋茲先生的眼睛開始焦急地眨了起來，他擔心又不安地抱怨著外面的雨。牧師看了幾次錶，我把他帶到一旁，請他再等半個小時。沒有用。沒有人來。

大概五點的時候，我們三輛車開到了目的地，在密密下著的小雨中停在大門一側。最前頭的是黑乎乎、濕淋淋的靈車，很難看，然後是蓋茲先生、牧師和我在大型轎車裡，再往後一點，是從西卵鎮來的四、五個傭人和郵差，他們搭蓋茲比的接駁用車來，全身都濕透了。我們從大門走進墓地時，我聽見一輛車子停下來的聲音，一個人踩著濕漉漉的草地向我們追上來。我四處張望，看到那個戴貓頭鷹眼鏡的男人，三個月前的某天晚上我看見他對著蓋茲比圖書室裡的藏書驚歎不已。

從那之後我就沒有再見過他。我不知道他是從哪裡得知葬禮的消息，我連他的名字都不知道。雨水順著他的眼鏡流下來，他把眼鏡摘下擦了擦，看著那塊擋雨的帆布從蓋茲比的墳墓上捲起來。

這時我很想回憶一下蓋茲比，但他已經太遙遠了，我記得的只有——黛西沒發來電報，也沒送花。不過我也沒有生氣。我依稀聽見有人喃喃地說：「上帝保佑雨中的死者。」接著戴貓頭鷹眼鏡的男人用洪亮的聲音說了聲：「阿門！」

我們一行人零散地在雨中快步跑回車裡。戴貓頭鷹眼鏡的男人在大門前叫住我。

「我沒趕上去他家。」他說。

「其他人一個也沒來。」

「天哪！」他吃驚地說：「為什麼啊？我的上帝！以前他家裡動不動就來好幾百人啊！」

他摘下眼鏡，從裡到外擦了又擦。

「這個他媽的可憐傢伙。」他說。

我記憶裡最鮮明的事情之一，是回西部老家的情景，以前每年聖誕節都會從寄宿學校回去，後來大學時代也是。那些要回芝加哥或更遠地方的人會在十二月某天傍晚六點，聚集在那個古老而幽暗的聯合車站，和幾個朋友匆匆告別，他們此時已經沉浸在自己那歡快的節日氣氛中了。我記得從各個女校來的女生穿著皮大衣，記得她們在寒冷的天氣裡喋喋不休地交談，記得我們遇到熟人時揮手打招呼，還記得那些相互比較的邀請：「你要去奧德威家嗎？赫西家嗎？舒爾茨家嗎？」以及我們戴著手套的手緊緊抓住的那長條綠色車票。最後，還有記憶中那班芝加哥—密爾沃基—聖保羅的列車，那朦朧的黃色火車，停靠在月臺旁邊的鐵軌上，所有這一切就像聖誕節氣氛一樣令人愉快。

當我們的火車駛進冬夜，真正的雪，我們的雪，開始朝兩側延伸而去，迎著車窗閃爍著。掠過威斯康辛州小車站裡那幽暗的燈光，一股神清氣爽的寒風突然出現在空氣裡。我們用完晚餐後，穿過寒冷的長廊往回走，深深地呼吸著這空氣，在這個奇妙的時刻，我們無以名狀地意識到自己與這片土地息息相關。之後，我們馬上又不留痕跡地融入回這片土地之中。

這就是我的中西部——不是麥田、不是大草原、不是瑞典移民的荒涼村鎮，而是我青春時代那些激動遊子之心的返鄉火車，還有寒冷黑夜裡那些街燈和雪車的鈴聲，以及聖誕冬青花環被窗內的燈光映在雪地上的影子。我也是這其中的一部分。因為這裡漫長的冬日，我的性格也因此有些嚴肅。在我的故鄉，人們的房屋世世代代都以姓氏命名，於是我從小就住在名叫卡羅威的屋子裡，養成了一種自滿的性格。現在我才明白這原來是個西部故事——蓋茲比、湯姆、黛西、喬丹和我都是西部人，或許我們都有著什麼缺陷，不適合在東部生活。

即使是我在東部最興奮雀躍的時候，或是當我敏銳地意識到它比西部更優越的時候，相較於俄亥俄河邊沉悶、凌亂且擁擠的城鎮，那些只有兒童和老人才可以倖免於沒完沒了談話的城鎮——東部確實更加美好；然而，即使是那些時候，我也覺得東部有種扭曲的特質。尤其是西卵鎮，它現在仍會出現在我那些詭異的夢裡。在夢中，這個地方就像神祕主義畫家艾爾·葛雷柯畫的一幅夜景：上百棟房子，既傳統又詭譎，伏在陰沉沉、向下逼近的天空下，伏在暗淡無光的月色中。畫的前景，四個表情嚴肅的人穿著大禮服，沿著人行道走著，他們抬著一副擔架，上面躺了一個穿白色晚禮服的酒醉女人。她的手垂搭在一邊，閃耀著珠寶的寒光。這幾個人肅穆地走進一棟房子裡——他們走錯了，但沒有人知道這個女人的名字，也沒有人上前關心。

蓋茲比死後，東部就這樣折磨著我，它面目全非，超過了我的想像力所能負荷的範圍。因此，當燒枯葉的藍煙升上天空，晾在繩子上的濕衣服被風一吹就凝結成一片時——我決定回家。

但是，在離開之前我還有一件事要做。那是件尷尬、不怎麼愉快的事，本來也許應該置之不管的，可是我希望能把事情辦理妥當，而不是光相信著那樂於幫忙卻漠不關心的大海來將我的無用雜念沖走。我和喬丹·貝克見了一面，跟她好好聊了聊我們之間發生的事，然後又談到我後來遇到的事。她躺在一張大椅子上聽著，身體一動也不動。

她穿的是高爾夫球裝，我還記得——我時常想起的她就像是一幅漂亮的插畫，她的下巴得意地揚起，她的頭髮是秋葉的顏色，她的臉和她放在膝蓋上淺棕色的無指手套是相同的顏色。等我講完之後，她告訴我她跟別的男人訂婚了，其他什麼也沒說。儘管她身邊有好幾個只要她點頭就願意和她結婚的男人，我仍對此感到懷疑，卻也佯裝著驚訝。有一瞬間我還在思考自己是不是不該這樣，但我飛快地考慮了一下，便起身說再見。

「不過——是你把我甩了的。」喬丹突然說：「你在電話上把我甩了。我現在懶得理你了。但是對我來說那倒是個新鮮的經驗，我的確為此暈頭了一陣子。」

我們握了握手。

「噢，你還記得嗎？」她加了一句：「我們有過一次關於開車的談話。」

「怎麼了？我記不清楚了。」

「你說一個不小心的司機，只有在遇上另一個不小心的司機時才不安全。嗯……我遇上了一個不小心的司機，對吧？我是說，我真不小心，看錯了人，以為你是個誠實、正直的人。我想你應該會為此暗自引以為榮吧！」

「我三十歲了，」我說：「我太老了，要是早個五年我倒還會欺騙自己，引以為榮。」

她沒有回答。我生著氣，懷著對她的幾分愛戀，難過地轉身走了。

十月下旬的一個下午，我看到了湯姆．布坎南。他在第五大道上走在我前面，一副警覺卻帶著點想挑釁的樣子，兩隻手微微離開身軀，似乎隨時要甩開對方的侵擾一般；他的腦袋四處轉動，好像在配合那雙不安分而四處張望的眼睛。當我正要放慢腳步免得趕上他時，他停了下來，皺起眉頭朝一家珠寶店的櫥窗看去。突然他看見了我，便走過來，伸出他的手。

「怎麼了，尼克？你不願意跟我握手嗎？」

「對。你知道我是怎麼看你的。」

「你瘋了，尼克，」他連忙說：「你在發什麼神經，我不知道你是怎麼回事。」

「湯姆，」我問他：「那天下午你跟威爾遜說了什麼？」

他一言不發地盯著我，我當下就知道——那天下午沒有被公開的幾個小時裡所發生的事情——被我猜中了。我轉身想離去，但是他走上前，一把抓住我的胳膊。

「我跟你說實話。」他說：「我和黛西正要離開的時候，看到他在我家門口。我派傭人去傳話，說我們不在，可是他非要衝上來。他瘋了！如果我不告訴他那輛車是誰的，他會把我給殺了。他在我家門口時手裡就一直握著口袋裡的槍——」他停住，語氣挑釁了起來。「可是，就算我告訴他又怎樣？那傢伙是自找的。他把你給迷惑了，把黛西也迷惑了。其實他是個惡棍，他開車輾過梅朵，就像輾過一條狗似的，他連車都不停一下！」

我不知道該說什麼，除了這個說不出口的事實——這不是真的。

「你不要以為我不痛苦——我跟你說，當我離開公寓，看到那盒該死的狗餅乾還放在餐具櫃上的時候，我坐下來像個孩子一樣大哭起來。老天，我很難受——」

我不能原諒他，我也不會喜歡他，但是我看到他所做的事情對他自己來說，是完全合乎道理的。整件事就是漫不經心、混亂不堪。湯姆和黛西，他們是那麼冷漠的人——搞壞東西，毀了別人，然後就退回到自己的金錢和麻木不仁之中，或者躲回任何一個能把他們綁在一起的鬼東西裡，把他們搞出來的爛攤子全部丟給別人收拾……

我和他握握手，不握手似乎很蠢，因為我突然覺得自己像是在對一個孩子說話。我們道別後，他走進珠寶店買了一串珍珠項鍊，也許是一副袖釦，從此永遠地擺脫了我這個西部鄉下人對他的吹毛求疵。

我準備搬離西卵鎮時，蓋茲比的房子還是空的——他草坪上的草長得跟我院子前的草一樣高了。鎮上有個計程車司機，每次載客經過時，都會在這停留幾分鐘，對著屋子指指點點。也許他就是出事的那天夜裡，開車送黛西和蓋茲比回東卵鎮的人，也許他會自己編一套故事給乘客聽。不過我不想聽到他那個版本的故事，所以每次下火車叫車時總會刻意避開他。

那幾個週六夜晚我都在紐約度過，因為蓋茲比生前他家裡那些燈火閃耀、讓人眼花撩亂的宴會實在太過鮮明，我彷彿不斷地聽到音樂和歡聲笑語，模糊恍惚地從花園裡傳來，甚至還有一輛輛車子在他家車道上開進開出的聲響。有一天晚上，真的來了一輛車，車燈照在他家前門的臺階上。我沒有過去察看。我想那可能是遠遊歸來參加盛會的最後一位客人，他離開了太久，不知道宴會早已結束。

最後一個晚上，我把行李箱裝好，車子也賣給了雜貨店的老闆，我走過去，想再看一眼那龐大而雜亂的失敗之屋。白色大理石臺階上，有個男孩用磚頭刻了個髒字，在月光下特別明顯，我擦掉它，用鞋子把石頭磨得沙沙作響。接著我漫步走向海灘，躺在沙地上。

那些海濱別墅大都已經關閉了，除了海灣渡船上那幽暗的、飄移著的光火，四周幾乎沒有燈火。當月亮升起，那些無關緊要的房子一個個消失，我逐漸意識到，這就是當年讓荷蘭航海水手眼睛一亮的古老小島——一片清新、翠綠的新世界。那些消失了的林木，那些讓位給蓋茲比建豪宅而遭砍伐的樹木，那些曾經一度低聲應答著人類最後且最偉大的夢想的綠意。在那轉瞬即逝的初遇時刻，人面對這片新世界肯定會屏息驚歎，不由自主地進入一個他既不理解、也未曾預期的美學視野之中。那是他此後再也沒有機會面對、也沒有能力讚許的奇景。

當我坐在那裡，為這個古老而未知的世界深思時，我想起了蓋茲比第一次認出黛西家碼頭盡處那盞綠燈時所感到的驚奇。他經過了漫漫長路，才來到這樣碧綠的草坪上，他的夢想必然近在眼前，幾乎不可能抓不到。只是他不知道，這個夢想早已被人丟棄，丟棄在這個城市龐大的昏暗之中，在那裡，共和國的黑色田野在夜晚不斷向前伸展。

蓋茲比信奉著這盞綠燈，這個一年年在我們眼前漸行漸遠的極樂未來。當時它從我們身邊逃開，但是沒有關係——明天我們會跑得更快，把手臂伸得更長……直到出現一個美好的清晨——

為此，我們繼續前行，像逆流而行的船隻，不斷地被浪潮推回到過去。

村上春樹為日版《大亨小傳》新譯本所寫的後記

身為翻譯家，身為小說家

記得是三十五歲左右的時候吧！當時我誇下海口說，到了六十歲就要開始翻譯《大亨小傳》。因此，我下定決心，按照這個日程，從這個目標逆推，開始進行各種練習。用比喻來說的話，就是：我將這本書好好地擱在神龕上，時不時看上幾眼，以此度過我的人生。

就在做點這個做點那個，不知不覺，等待六十歲生日的到來變得讓人不耐煩。心神不定的視線更加頻繁地看向神龕上那本書。終於有一天，我再也無法忍耐了，比原計畫提前幾年開始著手翻譯這部小說。最初只是想著「啊！現在開始抽空一點一點準備就好」，可是一旦開始就無法停止，結果在比想像中還短的時間內一口氣翻完了。或許就像小孩子，雖然大人說，生日那天之前不能打開生日禮物，但就是等不及，還是先把生日禮物給打開了。這種性急、提前做事的個性，不管到幾歲好像都不會改變。

我當時決定等到六十歲再翻譯《大亨小傳》有幾個理由：第一個理由是，我預估（期待）到了那個年紀翻譯《大亨小傳》，自己的翻譯水準會更進步。對我來說，《大亨小傳》是有著非常重要意義的作品，既然要翻譯，就要做到縝密細緻，不留任何遺憾。再來，考慮到《大亨小傳》已經有了數個譯本，我完全沒有必要慌慌張張急著翻譯。同時代還有許多小說需要緊急翻譯。最後一個原因是，我認為「翻譯一部這麼重要的書，最好還是到了一定的年紀，不慌不忙、不急不躁，就像在廊簷上擺弄盆栽一般，優遊自在地享受這份工作」。至少對三十多歲的我來說，六十歲是個出奇遙遠的世界。

然而，作為現實的問題，作為實際的可能性，當六十歲這個時間點進入我視野一角時，我確確實實地感受到，這並不是那種談論「在廊簷上擺弄盆栽」悠閒之事的時候。仔細想想，那是理所當然的，雖說迎來了六十歲生日，卻也不是突然發生了什麼重大的改變。無論好壞，這個時間點只是一直堅持到現在的我——這個人日常且非戲劇性的一種延長。因此，我想，沒有必要非得等到六十歲再開始翻譯《大亨小傳》。或許這是一種輕微的僭越，不過也是一種直覺，認為「我也已經到了差不多可以翻譯蓋茲比的時候了」。積累了相應的經驗後，作為翻譯者，我有了某種程度上——當然只是某種程度上——的自信。

或許這也跟年齡有關，因為同時代的文學作品中，「這一篇無論如何我都要試著譯出來」的作品越來越少了。我們這一代人有責任必須著手去翻譯的作家及作品，或許不能用已經全部翻譯出來這種說法。不過，現在年輕作家的作品，就交由有著無上熱情的各位新世代翻譯者去翻譯，我就退到略微遠離時代現實之處。「有一天能用自己的雙手，把自己想要翻譯的作品，按自己的節奏優哉游哉地進行。」我心裡生出這般奢侈享受的念頭。當然這不是說，我不再翻譯同時代其他作品了，而是我想在今後把「自己想翻譯的」作品一點一點地翻譯出來（並且，也希望能夠出版）。我想前人寫的經典作品或準經典作品，會在今後我要翻譯的書目中占較大的比重，這一點毋庸置疑。這些書是我常年拿在手中珍惜閱讀的作品。當然這些作品中大多數已經有了公認的好譯本，但我還是希望能有自己翻譯的版本，只要我的版本能有略微的「重譯」價值就滿足了。

數年前，我重新翻譯沙林傑的《麥田捕手》就是這種「重譯」作品之一，本書自然也是這一系列作業中的一項。我完全沒有要對前人的翻譯進行批判的意思。不論哪部譯本，全部都是優秀的翻譯。透過這些翻譯作品，讀者才能享受到讀小說的樂趣，如果有讀者問我「現在特意推出新譯本的意義在哪裡」，我只能回答「你這樣說也沒錯」，然後陷入沉思。在翻譯《麥田捕手》時，我曾寫過，翻譯這份工作多多少少有個「鑑賞期限」。很多文學作品是沒有鑑賞期限的，但沒有鑑賞期限的翻譯作品卻不存在。翻譯，說到底就是一種語言技術的問題，而技術會從細節開始日益陳舊。即便存在著不朽的名著，不朽的名譯作品基本上卻是不存在的。不論哪本翻譯作品，隨著時代的推移都會日益陳舊，雖然可能只是程度上的差異，這就像會日益過時的詞典（當然我的翻譯也不例外）。我甚至想，從這個意義上來說，透過特定翻譯對原作所進行的「加印」，說不定存在著會為作品帶來損傷的危險。所以，每個時代都有必要進行翻譯的調整修改。至少多幾種選擇，對讀者來說，遠比都沒有選擇更好。

另外，我讀過迄今為止出版的幾部《大亨小傳》譯本後，先不論翻譯品質，總覺得「這和我心目中的《大亨小傳》好像有一些（或相當）不同」。當然，這只是在陳述我對這部小說抱有的個人印象，而非客觀的——或學術的——批判或評價。我沒有資格說這種偉大的話。只是，對於那些翻譯，我想多少存在著解讀上的差異，「我感受到的《大亨小傳》，為什麼會跟他們如此不同呢？」這無法不讓我產生懷疑。身為一個讀者，單純從個人觀點出發，對其他作品產生的不同感受，我並不會一一說出來，但因為是《大亨小傳》，我才膽敢直言不諱。這一點還希望各位理解。

反過來說，或許各位也可以這樣理解，我所翻譯的《大亨小傳》，是屬於極端個人層面上的作品。我將自己對這部小說抱有的個人印象明確化，盡可能地用具體、明白的文脈將其輪廓、色調和構造為各位讀者展現出來，我以此為目的進行這次的翻譯工作。我認為譯文要符合原作，若讓人讀後覺得究竟是怎麼回事？抓不到本質，摸不著頭緒，這一類的問題我一直很努力在避免。

我認為翻譯基本上就是熱情講述故事的作業。這不是說只要意思吻合就可以。文章的意象如果不能明確傳遞出來，那麼文章裡所包含的作者想法也會消失不見。尤其是這部作品，我試著盡可能地成為一個熱情親切的翻譯者，將一個個文字集合體的意思用日文盡量說清楚。不過任何事物自然都有它的極限，我只能說我會盡全力去做。

我曾經寫過，《大亨小傳》對我來說是一部有著非常重要意義的作品。既然這麼說過，身為翻譯者，我就有必要、有責任具體地說明它究竟對我有多麼重要。

如果有人要求我「舉出迄今為止人生中遇到的最重要的三本書」，我完全不用思考，答案早有。就是這本《大亨小傳》、杜思妥也夫斯基的《卡拉馬助夫兄弟們》和瑞蒙・錢德勒的《漫長的告別》。任一部都是我人生（身為讀書人的人生，身為作家的人生）中不可或缺的小說。要是無論如何再讓我只能從中挑選一本的話，那我會毫不猶豫地選擇《大亨小傳》。如果沒有和《大亨小傳》相遇，我甚至覺得自己說不定會寫出和現在完全不同的小說（或者說不定什麼都不寫。因為這只是純粹的假設性話題，自然不會有正確答案）。

不管怎麼說，我就是這麼沉迷《大亨小傳》。我從中學到很多，也受到很多激勵。這部篇幅雅緻的長篇小說，是我這個小說家的一個目標、一個定點，小說世界裡的座標、一個軸。我仔仔細細地反覆閱讀這部作品，一個角落一個細節都不放過，許多部分幾乎能背誦下來。

不過，聽我這麼說，確實有很多人露出困惑的表情。「我也讀過《大亨小傳》，可是它真的像村上先生所說的，是這麼了不起的作品嗎？」不少人這麼說。這一點，別人怎麼想我不是很清楚。但請等一下，如果《大亨小傳》不是部了不起的作品，那麼究竟其他什麼作品才算是「了不起的作品」呢？我不由得要這麼追問。不過，另一方面，我也不是不理解問這話的人的心情。因為《大亨小傳》將所有情景極其細緻鮮活地描寫出來，將所有情感用極其精緻多樣化的語言表達出來，它就是這樣一部文學作品，不用英文逐行逐句細心閱讀，就無法全面理解其精妙之處。這一點就是問題的最終所在。《大亨小傳》的作者史考特．費滋傑羅在二十八歲時文筆真正到達了頂點。然而將這部作品翻譯成日文，不管願不願意，有很多優美之處受到了損傷，被減損了。就如同精緻的葡萄酒沒有經過長時間的醒酒，獨特的芳香和口感難以避免地會微妙流失。

這麼說來，很容易產生以下的結論：這樣的小說通過原文閱讀是最好的方式。然而這種原文閱讀很難用一般的方法達到。空氣的微妙流動，使得與其相應的色調、情形和節奏每時每刻都在變化，這樣自由自在的、暢通無阻的美麗文體，說實話，沒有相當的閱讀水準很難體會。某種程度來說，並不是懂英文就能體會到這種等級的敘事美感。

因此，如果允許我使用多少有些任性、誇張的表達方式，我想說：《大亨小傳》這部小說直至今日都還沒有被日本大多數的讀者真正正確地評價過。至少，綜合一下迄今為止人們對這部小說所表達的意見（其中或多或少是職業與文學相關的人們），我覺得很遺憾，但還是不得不做出這種悲觀的結論。而且這裡面恐怕就存在著翻譯界限這一巨大障礙。

當然，並不是說我的翻譯就突破了這種障礙。《大亨小傳》的翻譯究竟有多困難，我實在太瞭解了，所以我說不出這種偉大的話。我並不是要突然改變說法裝得偽善，我認為自己的翻譯也相當不完全。或者說，若是想找，還是會有缺陷。我很主動地承認這一點。一本如此完美、用英文創作的作品，怎麼可能毫無缺陷地轉換成其他語言呢？但是，即使這樣，作為一個翻譯者、一個小說家，我會竭盡全力，以我的努力和誠意找出一條翻譯之路，將構成《大亨小傳》這部作品最根本、最重要的本質的東西，盡可能有效準確地表達出來。

有一件事希望各位能理解，過去我在翻譯時，一直提醒自己不要去注意自己小說家的身分。因此在翻譯各文本時，我盡量消除自己的存在，就像是極力讓自己成為舞臺上的黑衣人。忠實的翻譯，對我來說是最重要的。當然，我過去所進行的翻譯，在某種程度上與我是小說家這個背景有著關聯。但那都是自然而然產生的結果，不是刻意去做的。但是，唯獨對《大亨小傳》，我想盡可能地發揮自己身為小說家的有利點，這一點我從一開始就決定了。但這並非是過度翻譯，也不是要改寫。我在各個要點上發揮自己身為小說家的想像力來進行翻譯。一邊想像著如果我是作者，這個部分會怎麼寫，一邊將費滋傑羅文章中容易錯過的重點一點一點挖掘出來。對那確切的要點和美麗的枝節，盡可能精細地加以解剖。必要時，也會用較長的篇幅解釋文章。因為我認為，沒有這種作業就無法發揮出費滋傑羅文字原本的力量。費滋傑羅的文字世界裡有個部分，會讓人想不顧一切投身其中抓住其核心。只有接觸到那核心，費滋傑羅的文字世界才能夠鮮花盛開。

用極端的文字來表達，就是我把翻譯《大亨小傳》這部小說當成最終目標，對準這個焦點，走上了翻譯者的道路。所以翻譯《大亨小傳》對身為翻譯者的我來說，既是一個結果，也是一個成就，同時也是我邁出飛躍性的一大步。當然這終究只是我個人的想法，是我個人的課題，和閱讀本書的各位讀者沒有任何直接關係。

對我所翻譯的《大亨小傳》，我自己有幾點很在意，也可以說是基本方針吧！

首先，我將它定義為「現代故事」。這部作品完成於一九二四年，故事舞臺設定在一九二二年。翻譯本書時，離它問世已經過了八十多年。可以說是很久以前的故事了。但是，我不想把它當成一般的經典作品。對我來說，《大亨小傳》怎麼樣都必須是一個發生在現代的故事。這是我這次翻譯最優先考慮的一件事。所以，所有舊式的措詞、時代性的修飾，我只保留下真正必要的部分，其他就盡可能地刪除了，或是將色調調弱一級。尼克、蓋茲比、黛西、喬丹和湯姆等人，就像文章中描述的那樣，就生活在我們身邊，他們和我們一起呼吸著相同的空氣，是同時代的人。他們是我們的親人、我們的朋友、我們的熟人，也是我們的鄰居。而對話在一部小說中究竟扮演了多麼重要的角色，坦白說，我是看了這部小說才親身體會並學到的。

各位閱讀本書，就會明白，這部小說每一個出場人物都具有鮮明的形象，根據這個形象，每個人的對話也都有所規範。但絕不是只固定在某一個模式上。行為規範貫徹始終，並同時根據狀況、環境，依照他們的心理和看事情的角度——作為一個和你我一樣有血有肉的人——發生著微妙的變化，隨著這變化，人物說話的方式也一點點地改變。是的，他們的對話必須是活生生的，必須是每一次呼吸都有著具體意義。

我所在意的另一點是文章的節奏。史考特．費滋傑羅的文章有種獨特的優美節奏。那是會讓人聯想起優秀音樂作品的優美節奏。他用這種節奏駕馭著文字，就像童話故事裡魔豆的枝蔓向天空伸展般展開他的敘事。流利的語言接連誕生，不斷成長。為尋求發展空間，流暢地在空中移動。那真是一幅美麗的景色。在這種時候，理論和整合性偶爾也會被逼到某個角落。語言被吸入空中，它們是多樣而曖昧的，存在著各種可能性和暗示。這種語言究竟為什麼會突然出現在這裡？作為一個認真的翻譯者，我有時也不得不嚴肅地思考起這些事。但是對於閱讀順暢的讀者來說，幾乎不會留意到這些事情。因為那優美且無與倫比的文字和語言的回聲講述了所有的故事。他究竟要傳達什麼？在一瞬間就讓讀者在讀書的過程中毫無不適、毫無拖延地理解了一切，他是個真正的天才文字家。要將這樣的文章轉換成日文，是一項極困難的工作。

在這種情形下，我無比重視文章演奏出來的節奏。因為我認為那是費滋傑羅的文章中最根本的一個要素，所以，我首先要把這種節奏移植到日文這片土壤上，在它周圍添加旋律、音響和抒情詩。費滋傑羅的文章，用音樂來類推的話，有著更自然而然就能理解的部分。有時他的文章必須用耳朵來閱讀，必須唸出聲來進行故事的推移。我也不清楚自己是否能順利進展，但它的確是我翻譯上的一大重點，是基本方針，這一點我希望各位讀者能夠理解。首先有節奏、有流動，之後相稱的緊密詞語便會自然而然地噴湧而出。這就是我理解中費滋傑羅文章的美感。

關於我自己和這部小說的關連、關於這次翻譯，我好像說得有點多了，但又覺得好像還有些沒說的。一說起來就沒完沒了，暫且先到這邊吧！現在來講講史考特・費滋傑羅創作《大亨小傳》的脈絡，稍微寫一些歷史事實，這應該是我身為翻譯者的責任吧！這種講述非常簡單，如同粗略的線條（就像各位現在親眼所見一般），詳細內容講起來會沒完沒了，因此感興趣的各位最好還是去看看傳記之類的。

費滋傑羅有《大亨小傳》的構想是在一九二三年。第二年春天，他和夫人塞爾妲越洋到法國生活後，才開始真正寫作該書，那一年內小說完成，一九二五年四月，他二十八歲時，小說在美國出版。

費滋傑羅一九二〇年出道，為文壇帶來一陣衝擊，他一連出版了《塵世樂園》（這是他的處女作）和《美麗與毀滅》兩本長篇小說、《小姐們與哲學家們》和《爵士時代的故事》兩本短篇集，成了時代寵兒。第一次世界大戰後，美國經濟迎來了前所未有的繁榮，新文化非常興盛，時代尋求著新英雄。年輕、英俊、不知恐懼為何物、流麗闊達地代言了年輕人心聲的流行作家費滋傑羅，正是當時社會需要的文學象徵，而他那美麗的新婚妻子塞爾妲對那些走在流行前端、從舊有的道德觀念中解放出來、享受著隨心所欲消費生活的年輕女性來說，就是個公主。

費滋傑羅過著奢侈的生活，同時拚命為大眾雜誌寫賺錢的短篇小說。其中多數作品都是結局完美、不帶一點邪惡的娛樂小說，更有幾篇美得讓人窒息的傑作，這些短篇作品至今仍有許多讀者。這位二十歲出頭、不知世事，並在很多方面都欠缺穩定性和自制力的青年，為什麼會如此成功？至今仍是個謎。當然這和莫札特、舒伯特的情形一樣，可以用「天才」一詞來解釋一切。

雖然過著喧譁的生活，費滋傑羅心底卻有個很大的野心：有天一定要寫一部刻劃時代、傑出的長篇小說。快速創作短篇小說讓他生活無虞。當時大眾雜誌的稿酬出奇得高，相較於長篇小說的版稅，依照市場需求而寫的暢銷短篇小說在經濟上的回報更高。但是，不寫出一部實實在在的長篇作品，是不能作為一流作家被社會認可的。那是當時——除去特例，和今日社會的情況大致相同——的文學世界。自己絕不是羽量級的作家，費滋傑羅心想，只要環境充裕，自己也能寫出成為經典的長篇小說。《塵世樂園》、《美麗與毀滅》都是不錯的小說，評價也還可以，銷量也不少，但是在他心中有著「應該能寫出更有深度的文學作品」的自負與野心。

文壇出道和新婚的熱鬧告一段落後，一九二二年二十六歲時，他和塞爾妲遠離紐約市的喧囂，搬到紐約郊外長島大頸（Great Neck）。他計畫在這個地方平靜地創作。但是，活潑又特別愛熱鬧的塞爾妲無法忍受這種安逸的郊區生活，在那裡再次開始進出熱鬧的派對。儘管如此，那也並不是完全無益的消耗。因為在長島的喧鬧生活成了日後《大亨小傳》這個故事的背景。

費滋傑羅這位作家屬於以自己體驗過的、自己目擊到的為基礎來進行創作的作家（所以他身邊需要塞爾妲這樣颱風眼般活潑的女性存在），於是，我們可以這樣推測，如果沒有長島的熱鬧生活，或許《大亨小傳》這部傑作就無法誕生，也或者會成為另一部完全不同形式的作品。至少，那些活色生香的派對情景描寫肯定就無法誕生。投入和產出的均衡，成了費滋傑羅的一個弱點。投入的能量過大，產出卻不多（那是他小說家生涯前半期的情形），然而努力於投入後，應該產出的素材又不夠了（那發生在他生涯後半期）。在《大亨小傳》中，這兩部分得以在最大限度上達成絕妙的平衡。如此優美的平衡狀態，在費滋傑羅的人生中再也沒有第二次。

一九二四年，為了尋求適合寫作長篇作品，新的、更安靜的環境，另外也為了削減日益攀升的生活費（不管如何改變住處，這個目的終歸徒勞），費滋傑羅又搬家了。他們離開了長島，橫渡大西洋，來到法國南部的蔚藍海岸（Riviera）。不斷搬家對費滋傑羅而言——關於這一點，我是不能說別人的——猶如宿命。他無論如何都無法在一個地方好好待下去。因此，費滋傑羅一生從未擁有過自己的家，他不停地租房子，也從沒存過錢。爽快是爽快，不過總之，不管是居住環境還是財務狀況，在他人生中始終都得不到安寧。

姑且不論這些，在風光明媚的法國南部，費滋傑羅（罕見地）下定決心進入一種集中創作的生活。可是塞爾妲卻覺得很無趣，被他置之不理，漸漸厭倦了長時間一個人的生活。她發牢騷說，短篇小說在遊樂的空閒乒乒乓乓一下子就可以寫出來了，為什麼非要拚命寫長篇小說不可，這不是自找麻煩嗎？費滋傑羅對長篇小說抱持的那種熱切想望，她完全不能理解，只覺得——這樣一來不就不能玩樂了嗎？好不容易才來到這麼美麗的國度卻……她不知道該怎麼打發時間，心裡不禁湧起想報復先生的念頭。當費滋傑羅將心力傾注在創作《大亨小傳》時，她和年輕英俊的法國海軍飛行員開始外遇。這是那年夏天的事情。

然而，這完全就是她少女時代與阿拉巴馬州蒙哥馬利市的年輕駐地軍官們——當然費滋傑羅也在其中——輕浮戀愛的再現。不管怎麼樣，塞爾妲不受男人們的奉承，她屬於無法順利相處這一類的女性。費滋傑羅習慣了其他男人對塞爾妲的迷戀，他對妻子與自己濃烈的情感羈絆很有自信。起初他不在乎，心想「只要不妨礙我工作，隨你高興」，當他注意到塞爾妲最終真的陷入其中時，他愕然不知所措。認識兩人（塞爾妲和飛行員）的朋友幾乎都暗示他這兩人間有性關係。當然，現在無法判斷事實真偽，只能想像大概是這樣的關係。

總之，費滋傑羅發現了這一切，他嚴厲地質問塞爾妲。塞爾妲坦承愛上了飛行員，並提出離婚。聽到這些，費滋傑羅受到強烈的刺激，甚至連小說創作都中斷了，他向兩人提出最後通牒（就像小說中湯姆面對黛西和蓋茲比時發生的情形一樣）。在一連串的騷動後，塞爾妲和法國飛行員之間短暫的夏季戀情宣告結束。塞爾妲冷靜下來，很認真地思考（和黛西的情況一樣），不得不選擇和費滋傑羅重新生活。但是，這次事件的傷害直到最後都遺留在兩人的生活中。

集中精力工作的先生，尋求其他快樂的妻子——要是把這當成普遍都會發生的事，也就罷了，但是在費滋傑羅看來，這是不能忍受的事。他不能再集中精力安心寫小說，他對妻子無條件的信賴受到了極大的傷害。這種痛苦和焦躁，恐怕都深深影響到小說中黛西形象的塑造。更貼切地看，或許可以這麼說：創作小說的過程中，同時發生的情感騷擾恰好無意識地給予了他身為小說家所追求的一種「滋養」。

即便如此，費滋傑羅還是設法集中精力繼續寫作，終於完成作品，於十月末將《大亨小傳》的原稿寄去出版社。編輯麥克斯威爾・柏金斯立即給他回了一封「精彩！」的讚譽信。費滋傑羅也很高興，他期待著這部小說能為他創造出從未有過的銷售紀錄。但小說銷售情況並不理想。費滋傑羅自己曾在心裡偷偷期待能賣到十萬冊左右（這樣他才能在經濟上逃到安全地帶），實際上的銷售數量卻只有稍微超過兩萬冊。多數壓倒性的評論都是讚譽之詞，可是書就是沒有預想中的暢銷。扣去預付款，幾乎沒剩下多少，只能說是寒磣的銷售額。為什麼銷售會如此慘澹？恐怕是因為這部小說對於那些一直支持費滋傑羅的年輕讀者來說，故事內容過於深刻、複雜。他們向費滋傑羅尋求的，是明朗灑脫、略帶悲傷的都會小說。也就是說，在某種意義上費滋傑羅比讀者期待的步伐邁得更遠了。他獨自理智又驟然地前進了。

《大亨小傳》被世間高度評價為「名留文學史的傑作」，被美國高中選為必讀的課外讀物，每年的銷售數量高達數十萬冊，這是在費滋傑羅死後的事情了。費滋傑羅「想寫一部不朽的長篇小說」的願望終於實現，只是很遺憾，他在世時沒能目睹到這美麗的景象。長久以來，人們將費滋傑羅視為「過去的流行作家」，把他扔在歷史的黑暗中，幾乎不去關注他。酒精依賴症、塞爾妲的瘋狂和治病、養育獨生女兒等等沉重擔子，他都自己一個人承受，並忍受著財務上的慢性逼迫，他仍沒有放棄文學上的野心和良心。費滋傑羅飽嘗艱辛，堅持小說創作（不論有無全盛期，輝煌是否難尋，其多數作品都是值得人們拿在手上細心閱讀的優秀作品），直至一九四〇年去世，年僅四十四歲。而且直到臨死，他都還認為「海明威才是現代文學巨星，與他相比，自己只不過是學到了一點技巧的文學娼妓」。有段文章記載著他是認真地這麼認為。許多人認為這是費滋傑羅特有的「失敗主義傾向」，他會這麼想也有其不得不然的原因。一九三〇年代後半，《大亨小傳》暫時絕版，有一年他的版稅收入總額僅僅只有三十三美金！而同一時期，海明威成為文化英雄，深受年輕人崇拜，在全世界博得了絕佳的名聲。

但是，二戰之後，海明威的文學評價徐徐下降（或者說其過高的評價得以適當調整），另一方面，美國文壇以幾位文藝評論家為首，發起了戲劇性的費滋傑羅文學再評價運動，其結果就是今日的費滋傑羅文學名聲幾乎不再動搖。的確，如今再讀其作品，是和海明威長篇小說評價逐年快速惡化有著細微、令人驚訝的關聯，與海明威的作品相比較，只能說《大亨小傳》的立足點非常精彩，其藝術性沒有絲毫的破綻。海明威長篇小說的極致，我認為是《妾似朝陽又照君》（*The Sun Also Rises*），如今就這部小說和《大亨小傳》相比，也明顯差了一層。人們經常說「一個人的評價，不到蓋棺論定時是不會清楚的」，但有時也存在著蓋棺後很久都還無法真正論定的情況。

但是無論如何，有一件事不可否認，如果費滋傑羅沒有留下《大亨小傳》這部偉大的作品，有關他的再評價——即便有——也不會有如此戲劇性的結果。這部小說對他來說，正有著如此決定性的價值。《夜未央》真的很優美，是一部深留人心的作品，我很喜歡，不過與《大亨小傳》相比，細節上許多掉以輕心之處卻怎麼也好不了。費滋傑羅自己也很清楚這一點。一九三四年回顧人生時，他這樣說：「創作《大亨小傳》的那幾個月是我最純粹地保持自己藝術良心的一段時期。」那麼為什麼別的時期就沒能做到呢？當然有幾個理由。但是，曾經與費滋傑羅交好一段時期的海明威曾說過一番獨特的見解：「能創作出《大亨小傳》這樣偉大作品的作家，為什麼會沉迷酒精，過著奢華的日子，而不認真寫作呢？本來我不是很理解。但是有一天我見到了塞爾妲，我馬上就理解了這一切。」塞爾妲嫉妒費滋傑羅的出眾才華，認為只有把他從認真創作中拉拽出來才能滿足她。這就是海明威的解釋。他在給麥克斯威爾·柏金斯的信中如此寫道：「要救費滋傑羅只有兩條路。一是塞爾妲死了，一是他弄壞自己的胃不能再喝任何酒。」海明威曾經很認真地告誡費滋傑羅，塞爾妲的腦子有問題，最好及早分手（當然費滋傑羅無視了他的意見）。

海明威的推測在某種意義上擊中了要點，但在某種意義上又忽視了某個重要的關鍵。從本質上來說，費滋傑羅需要塞爾妲這個發熱點，塞爾妲在本質上也需要費滋傑羅。他們兩人通過這種發熱，才能巧妙地交換靈感，提高創作技巧。所以這兩人的組合，在人生搭檔的選擇上絕對沒有錯。只是兩人散發的熱量都太強烈，超出一般常識範圍，因此不可能長期維持良好的平衡。另外，這兩人都在人生中決定性地缺乏了現實必要的能力，也從沒有意識到要想辦法彌補彼此的缺陷。即便有意識，兩人也存在著致命的不足，沒有足夠的耐心去彌補。總之，不管採取哪種方式，這兩人之間都不可避免的會有破綻產生。只是塞爾妲年紀輕輕就患上精神上的疾病，這一點太意料之外，也太過於悲劇。

但是，無論如何，我們在此將兩人罕見的（或者可以說是一生只能遇上一次的緣分）發熱結合視為注定的，以此為基點閱讀《大亨小傳》這部幾近完美的虛構小說（「幾近」這詞，終究只是個修飾語）。我們只能慶賀這個事實。我們必須透過追溯史考特．費滋傑羅和塞爾妲的關係，來了解這部作品奇蹟般的出現。即便如此，對於他們奢華、瀟灑而充滿憂傷的命運，只能報以言語無法表達的深深沉思。

翻譯本書之際，承蒙柴田元幸先生的幫助，如同以往，校稿檢查階段仰賴先生的參與，不明白的問題也得到了討論修訂。我從先生那裡得到幾個重要意見，不用說這從翻譯上就看得出來。在此真摯地向先生表達深切的感謝。

每當向美國人提起我翻譯了《大亨小傳》，他們首先會問：「那麼，蓋茲比的口頭禪 old sport 你怎麼翻成日文呢？」對於這個，我的回答是：「就直接用 old sport。」他們全部露出迷惑的表情，然後說：「難道不應該找個合適的日文譯詞嗎?」當然對我來說,如果有個「合適的日文譯詞」,我也樂於使用。但是合適的日文譯詞最終還是沒有找到。這一點還望各位理解。關於這個old sport的問題,我已經思考了二十多年,還是「不是這詞,也不是那詞」。二十年後回過頭來看,得出的結論就是,除了直接用「old sport」以外別無他法。這並不是我不肯努力,隨意地放過了這個詞。「old sport」就只能是「old sport」,除了「old sport」以外都不可能。我是這樣想的。誇張地來說,我已經這樣決定了。當然,如果這個詞只在細微的場景一時使用,適當的翻譯還是有幾個的。那就是單純的技術問題了。但是,既然它是作品裡的重要關鍵字,那麼除了保留原形,實在沒有別的辦法。

「Old sport」應該是當時英國人的說法,意思接近現今的old chap。不管如何,首先,美國人是不會用這個表達方式的。類似的表達在美式英語中恐怕是my friend吧?我想,大概是蓋茲比住在牛津時,記住了這種說話方式。等他回到美國後,當成了口頭禪,而且作為一種腔勢,他繼續使用著這個詞。費滋傑羅通過這個稱呼來暗示蓋茲比這種與生俱來的演技——很怪異同時也很天真。這種顯而易見的庸俗性與他身穿粉紅色西裝、開黃色敞篷車是相同的脈絡，他的所作所為樣樣惹得出身真正上流社會的湯姆．布坎南生氣。能夠準確暗示出這種語感的日文，在我所知的日文詞彙中是沒有的。即便我花了二十多年的時間。

我還要講講另一件個人的事。翻譯《大亨小傳》的過程中，最讓我心碎、最下苦心的是開頭和結尾的部分。為什麼呢？因為這兩部分都美得令人窒息，而且都是早有定論的名篇。不管讀上幾遍還是只能感慨文字很美。每一個詞都有著豐富的含義和實質，既擁有暗示的厚重，又猶如乙醚般清淡，像是要捕捉什麼卻又瞬間就從指間溜走。坦白說，我沒有足夠的自信能將開頭和結尾的部分翻譯得如我盼望的那麼好，所以二十多年來我一直沒有著手這本書的翻譯。我將它一直擱置在神龕上。說老實話，這是不能大聲嚷嚷的事情（如果有可能的話，我希望這部分用小字印刷），至今我還是沒有自信。反覆多次推敲，我還是只能說「我竭盡全力了」。

《大亨小傳》這部小說講述的是一個夏天優美而悲傷的故事，我想不管形式如何，只要我們能享受到這一切就夠了。此外，我也希望各位能夠理解四十多年來我將這部小說視為瑰寶的原因，只要能理解一點點就好。我希望能和各位溫馨地分享這個想法，這是我最後的願望。嘮嘮叨叨寫了一大段，說不定其他的意義也沒了。

二〇〇六年九月
村上春樹

（編註：本文收錄於中央公論新社二〇〇六年十一月發行的版本，中文由張苓翻譯。）

文學森林 LF0018

大亨小傳
The Great Gatsby

作者
史考特・費滋傑羅
F. Scott Fitzgerald

二十世紀美國最具代表性的小說家，被後世喻為「爵士年代」的象徵。著有《塵世樂園》、《美麗與毀滅》、《大亨小傳》、《夜未央》、《最後的影壇大亨》（未完）、《一個作家的午後》等多部作品，其中以《大亨小傳》最為著稱，四度改編電影，並被《時代》雜誌票選為世紀百大經典小說。

譯者
徐之野

台灣人，攻讀英美文學，現任職於出版社。因為喜歡村上春樹，喜歡本書，遂試筆迻譯。

封面設計　吳佳璘
彩頁設計　張凱揚
責任編輯　詹修蘋
行銷企劃　楊若榆、黃蕾玲
版權負責　陳柏昌
副總編輯　梁心愉

初版一刷　二〇一二年一月二日
二版一刷　二〇二二年九月五日
定價　　　新臺幣三二〇元

ThinKingDom 新経典文化
發行人　葉美瑤
出版　新經典圖文傳播有限公司
地址　臺北市中正區重慶南路一段五七號一一樓之四
電話　02-2331-1830　傳真　02-2331-1831
讀者服務信箱　thinkingdomtw@gmail.com
臉書專頁　http://www.facebook.com/thinkingdom

總經銷　高寶書版集團
地址　臺北市內湖區洲子街八八號三樓
電話　02-2799-2788　傳真　02-2799-0909
海外總經銷　時報文化出版企業股份有限公司
地址　桃園市龜山區萬壽路二段三五一號
電話　02-2306-6842　傳真　02-2304-9301

大亨小傳 / 史考特・費滋傑羅（F. Scott Fitzgerald）著. -- 二版. -- 臺北市：新經典圖文傳播, 2022.9
288面；14.8*21公分. （文學森林；YY0118）
譯自：The Great Gatsby
ISBN 978-986-87616-4-3（平裝）

874.57　　100024577